Die schönsten Tierfabeln

Die schönsten Tierfabeln

Ausgesucht von Dennis Grabowsky

Mit Illustrationen von Grandville

Bild und Heimat

Von Dennis Grabowsky liegen bei Bild und Heimat außerdem vor:
Die schönsten tschechischen und slowakischen Märchen.
Zusammen mit Noemi J. Franeková (2016)

ISBN 978-3-95958-094-6

1. Auflage

Umschlaggestaltung: BEBUG mbH
Umschlagabbildung: Grandville
Druck und Bindung: CPI books GmbH, Leck

Ein Verlagsverzeichnis schicken wir Ihnen gern:
BEBUG mbH / Verlag Bild und Heimat
Alexanderstr. 1
10178 Berlin
Tel. 030 / 206 109 – 0

www.bild-und-heimat.de

Anstatt eines Vorworts

Die beraubte Fabel

(Magnus Gottfried Lichtwer)

Es zog die Göttin aller Dichter,
Die Fabel, in ein fremdes Land,
Wo eine Rotte Bösewichter
Sie einsam auf der Straße fand.

Ihr Beutel, den sie liefern müssen,
Befand sich leer; sie soll die Schuld
Mit dem Verlust der Kleider büßen,
Die Göttin litt es mit Geduld.

Mehr, als man hoffte, ward gefunden,
Man nahm ihr Alles; was geschah?
Die Fabel selber war verschwunden,
Es stand die bloße Wahrheit da.

Beschämt fiel hier die Rotte nieder,
Vergib uns, Göttin, das Vergehn,
Hier hast du deine Kleider wieder,
Wer kann die Wahrheit nackend sehn?

Von den Falschen, den Eitlen und den Listigen

Der Fuchs und der Wolf am Brunnen

(Jean de La Fontaine)

Es war eine klare Vollmondnacht. Ein Fuchs strolchte durchs Dorf und kam zu einem Ziehbrunnen. Als er hinunterblickte, traute er seinen Augen nicht: Da lag ein großer, runder, goldgelber Käse. Er kniff die Augen zu und öffnete sie wieder. Nein, es war kein Traum.

Der Fuchs besann sich nicht lange, sprang in den Eimer, der über dem Brunnenrand schwebte, und abwärts ging die Fahrt. Ein zweiter Eimer schaukelte aus der Tiefe empor, an ihm vorbei.

Unten angekommen, wollte der hungrige Fuchs sich sofort auf den fetten Käse stürzen. Aber was war denn das? Seine Nase stieß in eiskaltes Wasser, der Käse verformte sich und verschwand. Verblüfft starrte der Fuchs ins Dunkel, und langsam kehrte der Käse unversehrt zurück. Jetzt begriff er seinen Irrtum. Wie konnte er nur so schwachköpfig handeln! Nun saß er in der Patsche. Er schaute zum Brunnen hinauf. Niemand war da, der ihn aus dem Schlamassel befreien konnte. Nur der Vollmond lächelte ihm hell und freundlich zu.

Viele Stunden saß der Fuchs in dem kühlen, feuchten Eimer gefangen und schlotterte vor Kälte und Hunger. Da kam ein Wolf an dem Brunnen vorbei. Der Fuchs dachte: Warum sollte dieser Nimmersatt klüger sein als ich? Und mit fröhlicher Stimme rief er ihm zu: »Schau, mein Freund, welch herrlichen Käseschmaus ich gefunden habe. Wenn du mein Versteck nicht verrätst, so darfst du zu mir herunterkommen und dir auch ein gutes Stück von meinem Käse abbrechen. Den Eimer dort oben habe ich für dich bereitgehalten, mit ihm kannst du zu mir herunterfahren.«

Der Wolf, der nie über Mangel an Hunger klagen konnte, leckte sich die Lippen, und seine Augen traten hervor. Der Käse, den der Fuchs entdeckt hatte, sah wirklich appetitlich aus. Ohne zu überlegen kletterte er in den Eimer, und da er viel schwerer als der Fuchs war, sauste er hinab in die Tiefe und zog den Eimer mit dem Fuchs hinauf.

Der Fuchs rettete sich sofort auf sicheren Boden und lachte sich eins ins Fäustchen. »Wohl bekomm's«, rief er spöttisch und eilte davon.

Der Rabe und der Fuchs

(Gotthold Ephraim Lessing)

Ein Rabe trug ein Stück vergiftetes Fleisch, das der erzürnte Gärtner für die Katzen seines Nachbars hingeworfen hatte, in seinen Klauen fort.

Und eben wollte er es auf einer alten Eiche verzehren, als sich ein Fuchs herbeischlich und ihm zurief: »Sei mir gesegnet, Vogel des Jupiters!« – »Für wen siehst du mich an?«, fragte der Rabe. »Für wen ich dich ansehe?«, erwiderte der Fuchs. »Bist du nicht der rüstige Adler, der täglich von den Rechten des Zeus auf diese Eiche herabkommt, mich Armen zu speisen? Warum verstellst du dich? Sehe ich denn nicht in der siegreichen Klaue die erflehte Gabe, die mir dein Gott durch dich zu schicken noch fortfährt?«

Der Rabe erstaunte und freute sich innig, für einen Adler gehalten zu werden. Ich muss, dachte er, den Fuchs aus diesem Irrtume nicht bringen. Großmütig dumm ließ er ihm also seinen Raub herabfallen und flog stolz davon.

Der Fuchs fing das Fleisch lachend auf und fraß es mit boshafter Freude. Doch bald verkehrte sich die Freude in ein schmerzhaftes Gefühl; das Gift fing an zu wirken, und er verreckte.

Möchtet ihr euch nie etwas anders als Gift erloben, verdammte Schmeichler!

Kleine Fabel

(Franz Kafka)

»Ach«, sagte die Maus, »die Welt wird enger mit jedem Tag. Zuerst war sie so breit, dass ich Angst hatte, ich lief weiter und war glücklich, dass ich endlich rechts und links in der Ferne Mauern sah, aber diese langen Mauern eilen so schnell aufeinander zu, dass ich schon im letzten Zimmer bin, und dort im Winkel steht die Falle, in die ich laufe.«

»Du musst nur die Laufrichtung ändern«, sagte die Katze und fraß sie.

Die Milbe

(Novalis)

»Nichts ist gewisser«, sprach eine Milbe zu der andern, »als dass unser Käse der Mittelpunkt des erhabenen Weltsystems ist und dass wir die besonderen Lieblinge des Allmächtigen sind, weil er uns die vollkommenste Wohnung erschuf.«

»Törin«, sprach ein Mensch, indem er sie mit ihrem Käse verschlang. »Du denkst, wie viele meiner Brüder denken, du auf deinem Käse, sie auf den ihrigen.«

Spatz und Schwalben

(Wilhelm Busch)

Es grünte allenthalben.
Der Frühling wurde wach.
Bald flogen auch die Schwalben
Hell zwitschernd um das Dach.

Sie sangen unermüdlich
Und bauten außerdem
Am Giebel rund und niedlich
Ihr Nest aus feuchtem Lehm.

Und als sie eine Woche
Sich redlich abgequält,
Hat nur am Eingangsloche
Ein Stückchen noch gefehlt.

Da nahm der Spatz, der Schlingel,
Die Wohnung in Besitz.
Jetzt hängt ein Strohgeklüngel
Hervor aus ihrem Schlitz.

Nicht schön ist dies Gebaren
Und wenig ehrenwert
Von einem, der seit Jahren
Mit Menschen viel verkehrt.

Die allzu klugen Fische

(altindisch)

In einem Teiche wohnten zwei Fische, Satabuddhi, »Hundertklug«, und Sahasabuddhi, »Tausendklug«. Diese beiden hatten den Frosch Ekabuddhi, »Einmalklug«, zum Freunde. So genossen sie alle drei am Ufer des Teiches das Vergnügen geselliger Unterhaltung und kehrten dann ins tiefe Wasser zurück.

Als sie nun einmal zur Unterhaltung zusammengekommen waren, schritten um die Zeit des Sonnenunterganges mit Netzen in der Hand Fischer heran, die auf dem Kopf viele getötete Fische trugen. Als diese den Teich sahen, sprachen sie zueinander: »Ah! Dieser Teich scheint viele Fische zu enthalten und hat sehr wenig Wasser. Darum wollen wir morgen früh hierhergehen!« Nach diesen Worten gingen sie nach Hause.

Nachdem jene aber diese einem Donnerschlag gleiche Rede gehört hatten, hielten sie miteinander Rat. Da sagte der Frosch: »Ach lieber Hundertklug und Tausendklug, was ist hier angemessen: Sollen wir fliehen oder bleiben?« Darauf lachte Tausendklug und meinte: »Ach Freund, lass dich nicht durch das bloße Hören einer Rede in Furcht setzen! Es ist nicht wahrscheinlich, dass sie kommen. Gesetzt aber, sie kämen, dann werde ich durch die Macht meines Verstandes sowohl dich als auch mich zu schützen wissen, denn ich kenne viele Wege des Wassers.«

Nachdem Hundertklug das gehört hatte, sagte er: »Ah! Was Tausendklug sagt, ist richtig. Man soll daher auf das bloße Hören einer Rede hin nicht den von den Ahnen her von Geschlecht zu Geschlecht vererbten Geburtsort verlassen. Auch keinen Schritt weit dürfen wir uns entfernen! Ich werde dich durch die Macht meines Verstandes beschützen.« Der Frosch erwiderte: »Ich habe nur einen Witz, aber der rät mir zu fliehen. Ich gehe noch heutigen Tages samt meiner Frau zu einem anderen Teiche.«

Am folgenden Tage kamen in der Frühe die Fischer, ähnlich den Dienern des Todesgottes, herbei, bedeckten den Teich mit Netzen, und alle anderen Wassertiere wurden im Netze gefangen. Auch jene beiden, Hundertklug und Tausendklug, waren dabei, obwohl sie flohen und sich lange Zeit durch ihre Kenntnis verschiedener Wege, durch Hin- und Herschwimmen schützten. Doch schließlich fielen sie samt ihren Frauen ins Netz und wurden getötet. Hundertklug wurde wegen seiner Schwere auf dem Kopfe getragen. Den Tausendklug hatte ein anderer an einen Strick gebunden und schleppte ihn so dahin.

Da sagte der Frosch Einmalklug, der auf den Rand seines neu bewohnten Teiches gestiegen war, zu seiner Frau: »Sieh! Sieh, Liebe! Herr Hundertklug liegt auf dem Kopf, Herr Tausendklug hängt an dem Strick, Herr Einmalklug jedoch spielt munter in der klaren Flut.«

Ein Großschnabel

(nordamerikanisch)

Ein stolzer Falke brüstete sich einst, dass er von allen Vögeln am höchsten fliegen könne; dabei bemerkte er aber nicht den Adler, der dicht bei ihm auf einem Baum saß.

»Wer fliegt mit mir in den Himmel hinein?«, rief darauf der Adler so laut, dass es alle Vögel ringsum verstanden. »Oh, das wird der Falke tun!«, schnatterten sie ihm zu. »Der kann's schon mit dir aufnehmen!«

»Der Falke?« bemerkte der Adler höhnisch. »Mit dem zu fliegen finde ich unter meiner Würde.« Darauf flog er allein auf und war in kurzer Zeit den Blicken der Zuschauer entschwunden.

»Und ich kann doch am höchsten fliegen«, schrie darauf triumphierend der Falke, als er sah, dass ihn nur noch einige kurzflügelige und schwerfällige Vögel umstanden.

Der Wolf und der Schäfer

(Gotthold Ephraim Lessing)

Ein Schäfer hatte durch eine grausame Seuche seine ganze Herde verloren. Das erfuhr der Wolf, und kam seine Kondolenz abzustatten.

»Schäfer«, sprach er, »ist es wahr, dass dich ein so grausames Unglück betroffen? Du bist um deine ganze Herde gekommen? Die liebe, fromme, fette Herde! Du trauerst mich, und ich möchte blutige Tränen weinen.«

»Habe Dank, Meister Isegrim«, versetzte der Schäfer. »Ich sehe, du hast ein sehr mitleidiges Herz.«

»Das hat er auch wirklich«, fügte des Schäfers Hund hinzu, »so oft er unter dem Unglück seines Nächsten selbst leidet.«

Der Hund im Wasser

(Martin Luther)

Es lief ein Hund durch einen Strom und hatte ein Stück Fleisch im Maul. Als er aber das Spiegelbild vom Fleisch im Wasser sah, dachte er, es wäre auch Fleisch, und schnappte gierig danach. Als er aber das Maul auftat, entfiel ihm das Stück Fleisch, und das Wasser trug es weg. Also verlor er beides: das Fleisch und das Spiegelbild.

Die Katze und die Ratte

(Jean de La Fontaine)

Eine Ratte lebte unter einer hohen, mächtigen Fichte, deren Astwerk bis auf den Boden hinunter wucherte. Ganz in der Nähe hausten eine Eule, ein Wiesel und eine Katze und machten der Ratte das Leben sauer.

Obgleich die Ratte von so viel Feinden umgeben war, konnte sie sich nicht entschließen, ihre Wohnung zu verlassen; denn die alte Fichte ernährte sie ausreichend mit ihrem Samen, der im Frühjahr auf den Boden prasselte. Auch warf der Sturm oft reife Zapfen zu ihr herab, die sich noch nicht geöffnet hatten, und die emsige Ratte schleppte diese dann hochbeglückt in ihr Nest und sammelte so reichlich Vorrat für das ganze Jahr.

Eines Morgens hörte die Ratte ein herzzerreißendes Miauen. Sie lächelte schadenfroh: »Einem meiner Plagegeister scheint es an den Kragen zu gehen.« Das Miauen wurde immer jämmerlicher, und die Ratte blinzelte neugierig aus ihrem Loch. Aber sie konnte nichts sehen. Vorsichtig tapste sie in die Richtung, aus der das Klagen kam. Da entdeckte sie die Katze, die sie schon so oft in Angst und Schrecken versetzt hatte. Sie war in eine Falle geraten. »Das geschieht dir recht«, rief die Ratte ihrer Feindin zu.

Die Katze aber schlug ihre sanftesten Schmeicheltöne an und schnurrte: »Liebe Freundin, deine Güte und Liebenswürdigkeit ist überall bekannt. Ich habe dich vor allen anderen Tieren dieser Gegend verehrt und geliebt. Jetzt, da ich dich sehe, muss ich sagen, es reut mich keinen Augenblick, dass ich dich stets behütet und beschützt habe. Nun kannst du mir dafür deinen Dank erweisen und mir aus diesem teuflischen Netz heraushelfen. Irgendein Taugenichts muss hier gestern dieses Netz ausgelegt haben.«

»Ich dich retten?«, fragte die Ratte belustigt, die keineswegs von den süßlichen Worten ihrer Todfeindin beeindruckt war. »Was bietest du mir denn zur Belohnung an?« – »Meine ewige Treue und unbedingte Hilfe gegen alle deine Feinde«, antwortete die Katze. Die Ratte entgegnete: »Gegen alle anderen Feinde, das mag wohl sein, aber wer schützt mich vor dir?« – »Ich schwöre es dir bei meinen scharfen Krallen«, beteuerte die Katze.

Die Ratte wollte spottend in ihr Loch zurückkehren, da versperrte ihr das kurzschwänzige Wiesel den Weg und funkelte sie wild an. Gleich darauf rauschte fast lautlos der Waldkauz herbei. In ihrer Bedrängnis überlegte die Ratte keinen Moment, sondern flitzte zur Katze und zerbiss eilig das Netz. Das

Wiesel lief herausfordernd auf die Katze zu, um ihr die Beute abzujagen. Flugs sprang die Ratte hinter ihre neuverbündete Freundin. Doch sofort streckte der Waldkauz seine Krallen nach der Ratte aus.

Da drang ein wütendes Bellen zu den Streitenden herüber. Wiesel, Waldkauz, Katze und Ratte flohen in verschiedene Richtungen. Ein Jäger war mit seinen Hunden unterwegs, um die Fallen, die er aufgestellt hatte, zu kontrollieren.

Einige Tage später lugte die Ratte aus ihrem Loch, um zu erkunden, ob der Weg frei sei, da spritzte die Katze auf sie zu. Schnell fuhr die Ratte zurück. »Warum fliehst du vor mir, liebe Freundin, als wäre ich dein Feind?«, fragte die Katze scheinheilig. »Ich verdanke dir doch mein Leben und bin dein bester Freund. Komm, lass dich zum Dank für deine Hilfe küssen.«

»Ich pfeife auf deinen Dank, du falsche Heuchlerin. Glaubst du, ich wüsste nicht, dass ich nur dem Hund mein Leben verdanke, der euch alle in die Flucht schlug? Du kannst deine Natur nicht verleugnen, auch nicht mit einem noch so heiligen Freundschaftseid, zu dem dich allein die Not gezwungen hat. Du bist und bleibst eine mörderische Katze.« Und mit diesen Worten zog sich die Ratte tief in ihr Loch zurück.

Der kluge Kater und die dummen Affen

(indonesisch)

Der Kater saß vor dem Haus und schlummerte im Sonnenschein. Da kamen Affen herbeigelaufen, begannen zu schreien und weckten den Kater. Sie sprangen auf den Bäumen umher, krochen auf das Dach und liefen wie wild durch den Garten. Den Kater ärgerte das, und er sagte: »Macht hier, was ihr wollt, nur schlagt, bitte, nicht an die Glocke dort, die dem Großväterchen gehört«, und er zeigte auf den Baum, wo ein großes Wespennest hing.

»Die Glocke des Großväterchens?«, wunderten sich die Affen. »Und warum denn?« – »Das ist keine gewöhnliche Glocke«, sagte der Kater. »Großväterchen läutet sie nur dreimal im Jahr, an den höchsten Feiertagen. Wenn ihr an sie schlagt, wird die Glocke läuten und Großväterchen wird sich ärgern.« – »Soll er sich ärgern«, lachten die Affen. »Wir werden dem Großväterchen schon entwischen!« – »Macht, was ihr wollt«, sagte der Kater. »Doch wartet, bis ich auf den Dachboden geklettert bin, ich will nichts damit zu tun haben.«

Der Kater kletterte auf den Dachboden. Die Affen nahmen Flegel und schlugen auf das Wespennest ein. Das war eine tolle Geschichte! Die Wespen flogen heraus und stachen die Affen in die Köpfe und in die Beine, wo es nur ging. Und die Affen rannten, rannten, bis sie endlich in den Fluss sprangen und so den Wespen entkamen.

Fuchs und Wolf

(norddeutsch)

Fuchs und Wolf machten Freundschaft und brachen nachts in eine Meierei ein, stahlen eine Tonne Butter und verabredeten, sie miteinander zu verzehren. Nun aber sagte der Fuchs: »Morgen kann ich nicht kommen, da soll ich Gevatter stehen. Wir können übermorgen den Schmaus halten.« Der Wolf willigte darein und sie versteckten die Tonne hinter einem Busch.

Am andern Morgen ging der Fuchs fort, aber nicht, um den Gevatterdienst zu tun, denn das hatte er nur ausgedacht, sondern er ging hinter den Busch zu der Tonne, und weil er darauf gehungert hatte, fraß er sie bis zur Hälfte leer. Abends als er nach Hause kam, fragte ihn der Wolf, was das Kind für einen Namen bekommen. Da sagte der Fuchs: »Halfuut!«

Am andern Tage sagte der Fuchs: »Ich habe es für heute wieder versprechen müssen, Gevatter zu stehen, wir müssen es noch einen Tag hinausschieben.« Der Wolf hatte nichts dagegen. Der Fuchs ging fort und wieder zu der Buttertonne, und abends als der Wolf ihn fragte, welchen Namen das Kind bekommen, da antwortete er: »Dreevirteluut!«

Den dritten Tag wollte er wieder aus zum Gevatter stehen. Der Wolf war verdrießlich, aber gab sich doch zuletzt zufrieden. Der Fuchs ging zu der Tonne, zehrte wacker von dem Rest, und als abends der Wolf fragte, wie das Kind heiße, sagte er: »Schrapopnborn!«

Nun aber wollten sie am folgenden Tage ihre Butter verzehren. Sie gingen hinter den Busch, aber da war die Tonne leer. Da sagte der Wolf: »Fuchs, wer hat hier alles aufgefressen? Ich habe es nicht getan, du hast es getan.« – »Ei, was sollt ich wohl«, sagte der Fuchs, »bin ich nicht in Geschäften ausgewesen? Du bliebst allein zu Hause, du selber hast auch alles aufgefressen.« Aber der Wolf beteuerte, dass er die Butter nicht angerührt habe. Da sprach der Fuchs: »Einer muss es doch getan haben. Wir wollen den Täter schon herausfinden. Lass uns ein Feuer anlegen und stellen uns beide daran. Wer die Butter aufgefressen hat, der wird der fetteste sein, und das meiste Fett wird aus ihm herausbraten.« Wie gesagt, so getan. Sie legten das Feuer an und stellten sich daneben. Aber der Wolf wurde bald müde von der Wärme und schlief ein. Da ging der Fuchs hin, nahm den Rest der Butter aus der Tonne und schmierte alles dem Wolf in den Pelz, dann weckte er ihn und rief: »He, Wolf, nun sieh dich an!« Da schlug der Wolf die Augen auf und sah, dass er ganz von Fett triefte.

Der Fuchs und seine Brüder

(Karoline Stahl)

Einst schlich im Mondschein Meister Fuchs
Sich hin zum Hühnerhause,
Und lauschte, schärfer als ein Luchs,
Nach einem leckern Schmause,
Kühn dringt er durch die schlechte Tür,
Dass sie ihn zu den Hühnern führ'.

Und es gelingt ihm auch sogleich,
Ein Hühnchen zu erhaschen.
So zart, so jung und weiß und weich.
Er eilt davon zu naschen,
Und speist mit solchem Appetit,
Dass er nichts weiter hört noch sieht.

Der Bauer merkt den fremden Gast
In seinem Hühnerhause,
Und ruft die Hunde, die ihn fast
Zerrissen, bei dem Schmause.
Mit großer Not er noch entwich,
Doch ließ er seinen Schwanz im Stich.

Wie neckten seine Brüder ihn,
Dass seine Zier verschwunden,
Und dass er sie, nur zu entfliehn,
Feig' überließ den Hunden;
Bis endlich es den Fuchs verdross,
Dass sich so reich ihr Spott ergoss.

»Lasst's gut sein. – Nur das ärgert mich,
Dass ich mit meinem Schwanze,
Als ich mit großer Not entwich,
Gequetscht, wie eine Wanze,
Zugleich mein Fischernetz verlor.

Ein Unglück bringt noch eins hervor.«
Die Füchse horchen hocherfreut:
»Was sprichst du da von Fischen?
Und von dem Netze, das dich reut,
Dass dir sie kann erwischen?
Erkläre deutlicher, dich Freund,
Was hast du eigentlich gemeint?«

Und Meister Fuchs, mit trübem Blick,
Lässt erst sich lange bitten;
Spricht viel von seinem Missgeschick,
Und dem, was er gelitten.
Fängt seine Rede an vom Ei,
Und spät erst kommt das Ziel herbei.

»Die Probe machen wir sogleich,
Kommt, ohne Zeitverlieren,
Eh noch gefroren dort der Teich;
Ihr könnt es ja probieren.
Setzt euch ans Ufer reihenweis',
Ich ordne alles schon mit Fleiß.

Nun, so ist's recht. – Die Schwänze lasst
Hinab ins Wasser fallen:
Die Fische kommen dann in Hast
Geschwommen zu euch allen,
Und hängen sich am Schwanze an,
Dass man ihn nicht mehr regen kann.
Doch ist es nicht so bald geschehn;
Ihr dürfet nur nicht murren,
Wenn ein paar Stunden noch vergehn!
Erzählt indes euch Schnurren
Von manchem schlauen Schelmenstreich
Und auch von manchem andern Zeug!«

Die Brüder, voller Lüsternheit,
Viel Fische zu erbeuten,
Tun gern, was Meister Fuchs gebeut,
Sein Wort nicht zu bestreiten.
Sie sitzen alle reihenweis',
Bis sich der Teich bedeckt mit Eis.

Doch Brüderchen, voll Schelmerei,
Schleicht sachte sich von ihnen,
Und ruft die Hunde stracks herbei,
Mit schadenfrohen Mienen.
Die stürzen scharenweis', im Nu,
Laut bellend auf die Fischer zu.

Erschrocken wollten diese gleich
Aufspringen und entfliehen;
Doch aus dem zugefrornen Teich
Kann keins den Schwanz mehr ziehen.
Und Mancher, der mit Not entwich,
Ließ ihn in seiner Angst im Stich.

Trau nicht dem Schelme, wenn er auch
Zum Spotte selbst geworden.
Er hat es immer im Gebrauch,
Auch andrer Glück zu morden.
Lass nicht dem Spottgeist freien Lauf
Sonst reizt du seine Bosheit auf.

Der Fuchs mit dem abgehauenen Schwanz

(chinesisch)

Ein besonders diebischer Fuchs, welcher einer größeren Kolonie von Füchsen angehörte, wurde eines Tages bei einem Diebstahl von dem Hausherrn ertappt. Letzterer holte in aller Eile ein Messer herbei und hackte ihm den Schwanz ab. Darauf ließ er ihn laufen. Der Fuchs lief unter grimmigen Schmerzen zurück in die Berge zu den anderen Füchsen. Als die Füchse sahen, dass ihm der Schwanz fehlte, fragten sie ihn, wo er ihn gelassen habe. Da antwortete er und sprach: »Es ist jetzt wieder eine neue Mode aufgekommen. Einen Schwanz zu haben, ist jetzt nicht Mode, keinen Schwanz zu haben, das ist das Neueste. Deshalb habe ich mir selbst den Schwanz abgeschnitten, um mich mit Ehren sehen lassen zu können.«

Der Fuchs und der Ziegenbock

(Jean de La Fontaine)

Meister Reineke ging an einem heißen Sommertag mit seinem Freund, dem Ziegenbock, spazieren. Sie kamen an einem Brunnen vorbei, der nicht sehr tief war. Der muntere Bock kletterte sofort auf den Brunnenrand, blickte neugierig hinunter und sprang, ohne zu zögern, in das kühle Nass.

Der Fuchs hörte ihn herumplatschen und genüsslich schlurfen. Da er selber sehr durstig war, folgte er dem Ziegenbock und trank sich satt. Dann sagte er zu seinem Freund: »Der Trunk war erquickend, ich fühle mich wie neugeboren. Doch nun rate mir, wie kommen wir aus diesem feuchten Gefängnis wieder heraus?«

»Dir wird schon etwas einfallen«, blökte der Bock zuversichtlich und rieb seine Hörner an der Brunnenwand. Das brachte den Fuchs auf eine Idee. »Stell dich auf deine Hinterbeine und stemme deine Vorderhufe fest gegen die Mauer«, forderte er den Ziegenbock auf, »ich werde versuchen, über deinen Rücken hinaufzugelangen.«

»Du bist wirklich schlau«, staunte der ahnungslose Bock, »das wäre mir niemals eingefallen.« Er kletterte mit seinen Vorderfüßen die Brunnenwand empor, streckte seinen Körper, so gut er konnte, und erreichte so fast den Rand des Brunnens. »Kopf runter«, rief der Fuchs ihm zu, und schwupps war er auch schon über den Rücken des Ziegenbocks ins Freie gelangt. »Bravo, Rotschwanz«, lobte der Bock seinen Freund, »du bist nicht nur gescheit, sondern auch verteufelt geschickt.«

Doch plötzlich stutzte der Ziegenbock. »Und wie ziehst du mich nun heraus?«

Der Fuchs kicherte. »Hättest du nur halb so viel Verstand wie Haare in deinem Bart, du wärest nicht in den Brunnen gesprungen, ohne vorher zu bedenken, wie du wieder herauskommst. Jetzt hast du sicher Zeit genug dazu. Lebe wohl! Ich kann dir leider keine Gesellschaft leisten, denn auf mich warten wichtige Geschäfte.«

Fuchs und Gans

(Wilhelm Busch)

Es war die erste Maiennacht.
Kein Mensch im Dorf hat mehr gewacht.
Da hielten, wie es stets der Fall,
Die Tiere ihren Frühlingsball.
Die Gans, die gute Adelheid,
Fehlt nie bei solcher Festlichkeit.
Obgleich man sie nach altem Brauch
Zu necken pflegt. So heute auch.
»Frau Schnabel«, nannte sie der Kater.
»Frau Plattfuß«, rief der Ziegenvater.
Doch sie, zwar lächelnd, aber kühl,
Hüllt sich in sanftes Selbstgefühl.
So saß sie denn in ödem Schweigen
Allein für sich bei Spiel und Reigen,
Bei Freudenlärm und Jubeljux.
Sieh da, zum Schluss hat auch der Fuchs
Sich ungeladen eingedrängelt.
Schlau hat er sich herangeschlängelt.
»Ihr Diener«, säuselt er galant,
»Wie geht's der Schönsten in Brabant?
Ich küss' der gnädgen Frau den Fittich.
Ist noch ein Tänzchen frei, so bitt' ich.«
Sie nickt verschämt: »O Herr Baron!«
Indem so walzen sie auch schon.
Wie trippeln die Füße, wie wippeln die Schwänze
Im lustigen Kehraus, dem letzten der Tänze.
Da tönt es vier mit lautem Schlag.
Das Fest ist aus. Es naht der Tag.
Bald drauf, im frühsten Morgenschimmer,
Ging Mutter Urschel aus, wie immer,
Mit Korb und Sichel, um verstohlen
Sich etwas fremden Klee zu holen.
An einer Hecke bleibt sie stehn.

»Herrje, was ist denn hier geschehn?
Die Füchse, sag' ich, soll man rädern.
Das sind wahrhaftig Gänsefedern.
Ein frisches Ei liegt dicht daneben.
Ich bin so frei, es aufzuheben.
Ach, armes Tier«, sprach sie bewegt,
»Dies Ei hast du vor Angst gelegt.«

Der hochmütige Geier

(asiatisch)

In grauer Vorzeit war der Geier ein friedfertiger, freundlicher Vogel, der sich mit den anderen Tieren gut verstand. An einem heißen Sommertag überflog er in großen Kreisen die weite, offene Landschaft und beobachtete mit seinen scharfen Augen eine Büffelherde. Er hatte ein krankes Tier entdeckt, und als dieses in der Hitze zusammenbrach, flog er herab, setzte sich ruhig in die Nähe des sterbenden Tieres und wartete geduldig, bis es kein Lebenszeichen mehr von sich gab. Erst als er ganz sicher war, dass das Tier nicht mehr lebte, stillte er seinen Hunger.

Danach flog der Geier zum Fluss, um sich gründlich zu reinigen, denn er ist ein sehr sauberes Tier. Und nach dem erfrischenden Bad stolzierte er am Flussufer entlang und unterhielt sich angeregt mit einer Ente. Dabei fiel zufällig sein Blick ins klare Wasser. Entsetzt flog der Geier in die Luft, kehrte aber sofort wieder zum Fluss zurück. Er musste wissen, ob das wirklich sein Spiegelbild gewesen war, was ihm eben so grässlich aus den Wellen entgegengelacht hatte.

»Oh, wie hässlich bin ich«, stöhnte er auf. »Mein Gefieder ist zwar dicht und schön, aber dieser Kopf und dieser Hals! Ich bin eine Schande für alle Vögel. Nur eine einzige große Feder ziert mein Haupt und spärliche kleine Federchen bedecken meinen Hals.« Der Geier schämte sich sehr und flog zu einer fernen Felshöhle, um sich dort vor den Augen der anderen Tiere zu verbergen. Er jammerte und haderte mit seinem Schicksal. »Warum muss gerade ich so hässlich sein?«, klagte er. »Selbst die Enten und die Gänse haben einen hübschen Kopf. Warum bin ausgerechnet ich nicht schön!« Bekümmert aß er keinen Bissen mehr und ließ sich auch von niemandem trösten. Er wäre in seiner Höhle elend verhungert, wenn die anderen Vögel nicht Mitleid mit ihm gehabt hätten.

Der königliche Adler ließ alle Vögel zu sich rufen und sprach: »Wir müssen unserem Freund helfen. Jeder von uns reiße sich eine schöne Feder aus und bringe sie ihm! Dann kann der Geier seinen Kopf und seinen Hals bedecken und muss sich nicht länger vor uns schämen.« Alle Vögel waren mit dem Vorschlag einverstanden und flogen mit einer Feder zu ihrem unglücklichen Freund. Bald war dieser mit den glänzendsten Federn überhäuft. Und nicht nur der Kopf und der Hals erstrahlten unter dem neuen Kleid, nein, er hatte auch noch genug Federn, um seinen ganzen Körper zu schmücken. Überglücklich trat der Geier wieder in das Sonnenlicht und ließ sich von seinen Freunden unter lautem Jubel zum Fluss führen. Jetzt konnte er sich an seinem Spiegelbild nicht satt genug sehen. Immer wieder drehte er und wendete er sich und starrte voller Stolz ins Wasser. Er hatte das prachtvollste Gefieder von allen Vögeln.

Von nun an flog der Geier sehr häufig zum Fluss, um sich darin zu betrachten. Von Tag zu Tag wurde er hochmütiger und blickte auf die anderen Vögel herab. Spottend verfolgte er die kleine Nachtigall: »Wie abscheulich siehst du aus. An deiner Stelle würde ich mich nicht einmal des Nachts zeigen, sondern unter der Erde verbergen und die schöne Natur nicht mit meiner Hässlichkeit beleidigen. Sieh nur meine Farbenpracht!«

Von morgens bis abends flog er laut geifernd umher und wollte von allen bewundert werden. Unaufhörlich gab er mit seiner Schönheit an. »Kein Wunder, dass du nicht fliegen kannst! Mit deinem dürftigen Federkleid kommst du nicht eine Buschhöhe über das Wasser hinaus«, zischte der Geier abfällig der Ente auf dem Fluss zu. »Schau mich an, wie reich ich bin!« Der Geier plusterte sich auf, schwang angeberisch seine Flügel und schwebte eingebildet davon.

Eines Morgens verkündete er allen Vögel: »Ich bin der stattlichste Vogel unter euch. Darum werde ich ab heute euer König sein. Jeder muss mich verehren und mir gehorchen.« Jetzt riss den Vögeln die Geduld. Laut zeternd eilten sie zum Adler und beschwerten sich über den aufgeblasenen, unverschämten Geier. Da wurde der Adler zornig: »Dieser undankbare Wicht verdient nicht unser Mitleid. Stürzt euch alle auf ihn und nehmt ihm eure Federn wieder ab!« Die Vögel ließen sich das nicht zweimal sagen. Sie fielen über ihn her, zupften und rissen an seinem Gefieder, dass auch manche Feder zu Boden flatterte und vernichtet wurde, die dem Geier selbst gehört hatte.

Gerupft und hässlicher als zuvor stand der Geier da. Die große Feder von seinem Kopf und auch die wenigen kleinen Federn von seinem Hals waren der Abrechnung zum Opfer gefallen. Seit dieser Zeit sind Kopf und Hals des Geiers ohne Federn, und er ist ein zanksüchtiger Vogel geworden, der niemanden in seiner Nähe duldet.

Der Lockvogel

(August Gottlieb Meißner)

Ein Vogelsteller hatte seine Falle mit allerlei Köstlichkeiten präpariert und einen Lockvogel dazugesetzt, der vortrefflich singen konnte.

Die Vögel in der Nachbarschaft hörten diesen Gesang, flogen herbei und sprachen: »Was hier für ein Überfluss von Speisen daliegt! Und wie freundlich uns unser Geselle, dem selbst so wohl ist, dazu einlädt! Wir wollen diese Gelegenheit nutzen!«

Kaum hatten sie zu fressen angefangen, so fiel das Garn, und sie verloren Freiheit und Leben.

Ein Vogel nur hatte sich entfernt gehalten, und der Lockvogel rief ihm zu: »Wer hat dich allein so klug gemacht, dass du nicht näher kommst?«

»Ein einfache Lehre meines Vaters! Sohn, sagte er oft, wenn man dir einen Vorteil zeigt, gar so groß und gar so leicht zu erlangen, so hüte dich, denn für gewöhnlich liegt Betrug im Hinterhalt.«

Die Raupe und der Regenwurm

(Johann Gottlieb Willamov)

Die Raupe:
Wie schön ist doch die Welt für mich gebaut!
So weit mein scharfes Auge schaut,
Bewundert es, geschaffen mir zum Glück,
Der großen Götter Meisterstück.
Für mich macht dieses warme Wetter
Die Sonne, die so hell vom Himmel auf mich scheint;
Denn Kälte, weiß sie, ist mein Feind.
Für mich trägt dieser Baum so weiche, süße Blätter;
Denn wer genießt sie sonst, als ich?
Auch Blumen zeugte die Natur für mich.
Denn wenn ich einst verwandelt werde
Und mich vergöttert von der Erde
Erhebe, trink ich ihren Nektarsaft.
Ja, weil die dunkle Nacht mir kein Vergnügen schafft,
So geht die Sonne nie zur Ruh,
Sie schicke mir denn erst die glänzende Laterne,
Den Mond, und tausend blanke Sterne,
Wenn niemand wacht, als ich, zu meinem Dienste zu.
Sprich, Regenwürmchen, sind wir Raupen nicht beglückt?

Der Regenwurm:
Und Regenwürmer sind wohl nichts, erhabne Made,
Als Ungeziefer? Nicht? Es ist um dich doch schade!
Du hättest dich zum Menschen gut geschickt.

Der Frosch, der so groß werden wollte wie der Stier

(Jean de La Fontaine)

Ein Frosch sah einstmals einen Stier,
und war sehr angetan von der Gestalt.
Kaum größer als ein Ei, war doch voll Neid das Tier;
es reckt sich mächtig hoch und bläht sich mit Gewalt,
weil es so gern so groß wie dieser wär.
Drauf spricht es: »Bruder, sieh doch her,
ist es genug? Bin ich so groß wie du?« – »O nein!«
»Jetzt aber?« – »Nein!« – »Doch nun? Sag's mir!«
»Wie du dich auch ermattest,
du wirst mir niemals gleich!« Das arme kleine Tier
bläht sich und bläht sich – bis es platzt.

Wie viele gibt's, die nur nach eitler Größe dürsten!
Der Bürger tät es gern dem hohen Adel gleich;
das kleinste Fürstentum spielt Königreich,
und jeder Graf gibt sich als Fürsten.

Der Rabe. Die Pfauen

(Johann Wilhelm Ludwig Gleim)

Auf eines Fürsten Hof ging eine Menge Pfauen
Ein Aufzug, welchen anzuschauen
Kein Auge müde ward. Denn, jeder trug sein Rad
Voll Farben, wie sie nur der Regenbogen hat,
Gebreitet hinter sich, und tat recht stolz darauf.
Zwar fielen manchen schöne Federn
Aus den empor getragnen Rädern,
Doch nicht umsonst. Ein Rabe las sie auf,
Bestach sich um und um damit,
Spazierete mit abgemessnem Schritt
In die Versammlung rechter Pfauen
Und brüstete sich auch, und ließ sich auch beschauen.
Wie aber ging es ihm? Man unterschied ihn bald,
Nahm unbarmherzig ihm den fremden Zierrat ab,
Biss ihn, und schalt ihn Dieb, und gab
Dem armen Schelm die vorige Gestalt.
So leicht gestraft ging er mit Freuden wieder
In die Gesellschaft seiner Brüder,
Allein da kam er übler an.
Denn sein Vergehn war ihnen kundgetan.
Sie lachten alle laut, und spotteten, und schrien:
»Herr Pfau! Herr Pfau!«, und fielen über ihn
Und rauften mit Gewalt
Ihm alle Federn aus,
Doch rettet' er sich noch in eines Dichters Haus,
In kläglicher erbärmlicher Gestalt.

Der Fuchs und die Pauke

(asiatisch)

Ein Fuchs streifte hungrig durch den Wald und suchte nach etwas Essbarem. Er grub in der Erde, wühlte unter den Steinen, aber nicht einmal einen Regenwurm oder einen Mistkäfer konnte er aufstöbern. Er legte sich unter einen Baum und stellte sich tot. Mit diesem Schwindel hatte er schon die schönsten Vögel ergaunert. Doch auch das wollte heute nicht gelingen.

Plötzlich hörte er einen schrecklichen Laut. Er fuhr zusammen. Wer war denn das? Der Fuchs lauschte angestrengt. Jetzt war es wieder still. Da, wieder dieses dumpfe Brummen. »Das muss ein fürchterliches Tier sein«, sagte ihm seine Angst. Aber sein Hunger flüsterte ihm zu: »Bestimmt ist es etwas zum Essen.« Und sein Hunger war stärker.

Lautlos glitt der Fuchs in die Richtung, aus der der furchterregende Laut kam. Er schlich sich näher und näher, und dann sah er es: In einem Busch vor ihm kauerte ein dickleibiges Tier. »Das verspricht viel Fleisch und Fett«, flüsterte sein Hunger ihm wieder zu. Lange lauerte der Fuchs im Hinterhalt und beobachtete mit höchster Spannung das fremdartige Wesen. Es regte sich nicht, nur hin und wieder gab es diese entsetzlichen Töne von sich.

Der Fuchs pirschte sich noch näher heran. Jetzt trennte ihn nur noch ein einziger Sprung von der Beute. Da hielt er es nicht mehr länger aus. Sein Hunger trieb ihn. Mit einem Satz war er bei dem fetten Tier, schlug seine Zähne in das graue Fell und – stieß mit seiner Nase ins Leere.

Fluchend zog er seinen Kopf zurück. Er schäumte vor Wut: »Einen dicken Bauch haben und große Töne spucken, doch nichts steckt dahinter!«

Eine alte Pauke war im Wald vergessen worden und lehnte so geschickt im Gebüsch, dass sie dem Fuchs nur ihr graues Eselfell gezeigt und ihn somit zu seinem tollkühnen Angriff herausgefordert hatte. Der Wind hatte mit den Zweigen die Pauke geschlagen.

Um die Wette

Der Hase und der Igel

(Brüder Grimm)

Diese Geschichte ist eigentlich gelogen, Kinder, aber wahr ist sie doch, denn mein Großvater, von dem ich sie habe, pflegte immer, wenn er sie erzählte, zu sagen: »Wahr muss sie sein, mein Sohn, sonst könnte man sie ja nicht erzählen.« Die Geschichte aber hat sich so zugetragen.

Es war an einem Sonntagmorgen im Herbst, gerade als der Buchweizen blühte; die Sonne war am Himmel aufgegangen, und der Wind strich warm über die Stoppeln, die Lerchen sangen hoch in der Luft, und die Bienen summten im Buchweizen. Die Leute gingen in ihrem Sonntagsstaat zur Kirche, und alle Geschöpfe waren vergnügt, auch der Igel.

Er stand vor seiner Tür, hatte die Arme verschränkt, er guckte in den Morgenwind hinaus und trällerte ein kleines Liedchen vor sich hin, so gut und so schlecht wie am Sonntagmorgen ein Igel eben zu singen pflegt. Während er nun so vor sich hinsang, fiel ihm plötzlich ein, er könnte doch, während seine Frau die Kinder wusch und ankleidete, ein bisschen im Feld spazieren gehen und nachsehen, wie die Steckrüben standen. Die Steckrüben waren ganz nah bei seinem Haus, und er pflegte sie mit seiner Familie zu essen, darum sah er sie auch als die seinigen an.

Gedacht, getan. Er schloss die Haustür hinter sich und schlug den Weg zum Feld ein. Er war noch nicht sehr weit und wollte gerade um den Schlehenbusch herum, der vor dem Feld stand, als er den Hasen erblickte, der in ähnlichen Geschäften ausgegangen war, nämlich um seinen Kohl zu besehen. Als der Igel den Hasen sah, wünschte er ihm freundlich einen guten Morgen. Der Hase aber, der auf seine Weise ein vornehmer Herr war und grausam hochfahrend noch dazu, antwortete gar nicht auf des Igels Gruß, sondern sagte mit höhnischer Miene: »Wie kommt es, dass du hier schon so am frühen Morgen im Feld herumläufst?«

»Ich gehe spazieren«, sagte der Igel. – »Spazieren?«, lachte der Hase. »Du könntest deine Beine schon zu besseren Dingen gebrauchen.« Diese Antwort verdross den Igel sehr. Alles kann er vertragen, aber auf seine Beine lässt er nichts kommen, gerade weil sie von Natur aus krumm sind. »Du bildest dir wohl ein, du könntest mit deinen Beinen mehr ausrichten?«, sagte er. »Das will ich meinen«, sagte der Hase. – »Nun, das kommt auf einen Versuch an«, meinte der Igel. »Ich wette, wenn wir um die Wette laufen, ich lauf schneller als du.«

»Du, mit deinen krummen Beinen?«, sagte der Hase. »Das ist ja zum Lachen. Aber wenn du so große Lust hast, was gilt die Wette?« – »Einen Golddukaten und eine Flasche Branntwein«, sagte der Igel. – »Angenommen«, sagte der Hase, »schlag ein, und dann kann es gleich losgehen.« – »Nein, so große Eile hat es nicht«, meinte der Igel, »ich habe noch gar nichts gegessen, erst will ich nach Hause gehen und ein bisschen was frühstücken. In einer Stunde bin ich wieder hier.«

Damit ging er, und der Hase war es zufrieden. Unterwegs aber dachte der Igel bei sich: Der Hase verlässt sich auf seine langen Beine, aber ich will ihn schon kriegen. Er ist zwar ein vornehmer Herr, aber doch ein dummer Kerl, und das soll er bezahlen. Als er nun nach Hause kam, sagte er zu seiner Frau: »Frau, zieh dich rasch an, du musst mit mir ins Feld hinaus.« – »Was gibt es denn?«, fragte die Frau. – »Ich habe mit dem Hasen um einen Golddukaten und eine Flasche Branntwein gewettet, dass ich mit ihm um die Wette laufen will. Und da sollst du dabei sein.«

Als sie miteinander unterwegs waren, sprach der Igel zu seiner Frau: »Nun pass auf, was ich dir sage. Dort auf dem langen Acker will ich unseren Wettlauf machen. Der Hase läuft in einer Furche, und ich in der anderen, und dort oben fangen wir an. Du hast nun weiter nichts zu tun, als dass du dich hier unten in die Furche stellst, und wenn der Hase in seiner Furche daherkommt, so rufst du ihm entgegen: ›Ich bin schon da!‹«

So kamen sie zu dem Acker, der Igel wies seiner Frau ihren Platz an und ging den Acker hinauf. Als er oben ankam, war der Hase schon da. »Kann es losgehen?«, fragte er. – »Jawohl«, erwiderte der Igel. Dann nur zu.« Damit stellte sich jeder in seine Furche. Der Hase zählte: »Eins, zwei, drei«, und los ging er wie ein Sturmwind den Acker hinunter. Der Igel aber lief nur etwa drei Schritte, dann duckte er sich in die Furche hinein und blieb ruhig sitzen. Und als der Hase im vollen Lauf am Ziel unten am Acker ankam, rief ihm die Frau des Igels entgegen: »Ich bin schon da!«

Der Hase war nicht wenig erstaunt, glaubte er doch nichts anderes, als dass er den Igel selbst vor sich hatte. Bekanntlich sieht die Frau Igel genauso aus wie ihr Mann. »Das geht nicht mit rechten Dingen zu«, rief er. »Noch einmal gelaufen, in die andere Richtung!« Und fort ging es wieder wie der Sturmwind, dass ihm die Ohren am Kopf flogen. Die Frau des Igels aber blieb ruhig an ihrem Platz sitzen, und als der Hase oben ankam, rief ihm der Herr Igel entgegen: »Ich bin schon da!«

Der Hase war ganz außer sich vor Ärger und schrie: »Noch einmal gelaufen, noch einmal herum!« – »Meinetwegen«, gab der Igel zurück. »So oft du Lust hast.« So lief der Hase dreiundsiebzigmal, und der Igel hielt immer mit. Und jedes Mal, wenn der Hase oben oder unten am Ziel ankam, sagten der Igel oder seine Frau: »Ich bin schon da.«

Beim vierundsiebzigsten Male aber kam der Hase nicht mehr ans Ziel. Mitten auf dem Acker fiel er zu Boden, das Blut floss ihm aus der Nase, und er blieb tot liegen. Der Igel aber nahm seinen gewonnenen Golddukaten und die Flasche Branntwein, rief seine Frau von ihrem Platz am Ende der Furche, und vergnügt gingen beide nach Hause. Und wenn sie nicht gestorben sind, leben sie heute noch.

So geschah es, dass auf der Buxtehuder Heide der Igel den Hasen zu Tode gelaufen hatte, und seit jener Zeit hat kein Hase mehr gewagt, mit dem Buxtehuder Igel um die Wette zu laufen.

Die Lehre aus dieser Geschichte aber ist erstens, dass sich keiner, und wenn er sich auch noch so vornehm dünkt, einfallen lassen soll, sich über einen kleinen Mann lustig zu machen, und wäre es auch nur ein Igel. Und zweitens, dass es gut ist, wenn einer heiratet, dass er sich eine Frau von seinem Stand nimmt, die geradeso aussieht wie er. Wer also ein Igel ist, der muss darauf sehen, dass auch seine Frau ein Igel ist.

Vom Fuchs und dem Karpfen

(sibirisch)

Einmal vor langer Zeit lief der Fuchs an einem Fluss entlang und gewahrte nahe beim Ufer einen Karpfen, der im Schlamm lag und sich nicht rührte.

Der Fuchs sagte: »Stimmt es, Karpfen, dass du nicht laufen kannst? « – »Aber keine Rede, Fuchs, ich kann genauso schnell laufen wie du«, erwiderte der Karpfen. Der Fuchs schüttelte ungläubig seinen Kopf: »Das glaube ich dir nie und nimmer!« – »Auch gut«, meinte der Karpfen, »dann können wir ja wetten.«

Der Fuchs war gleich einverstanden und wettete mit dem Karpfen, wer schneller bis zur Mündung des Flusses laufen würde. Der Fuchs wollte natürlich den Weg am Ufer nehmen, der Karpfen im Wasser. Aber der Karpfen war viel zu faul, mit dem Fuchs um die Wette zu laufen, und erzählte dem Karpfen, der neben ihm im Schlamm lag, von seiner Wette. Der berichtete die Geschichte dem nächsten, der seinem Nachbarn, und so ging es weiter, bis schließlich alle Karpfen im ganzen Fluss die Wette mit dem Fuchs kannten.

Der Fuchs lief so schnell er konnte am Fluss entlang und rief nach einiger Zeit: »Karpfen, bist du da?« Darauf antwortete der nächste Karpfen im Fluss: »Jawohl, hier bin ich!« Der Fuchs lief noch schneller und rief nach einer Weile wieder: »Karpfen, bist du da?« Und wieder entgegnete der nächste Karpfen: »Jawohl, hier bin ich!«

Der Fuchs rannte jetzt, was hast du, was kannst du, den Weg entlang, aber jedes Mal, wenn er atemlos rief: »Karpfen, bist du da?«, bekam er zur Antwort: »Jawohl, hier bin ich!« Endlich erreichte der Fuchs vollkommen erschöpft die Mündung des Flusses und rief zum letzten Mal: »Karpfen, bist du da?« Worauf der letzte Karpfen, der faul im Schlamm lag, brummte: »Jawohl, hier bin ich, Fuchs, hast du aber lange gebraucht!«

Seit dieser Zeit spricht kein Fuchs mehr mit den Fischen.

Wettflug zwischen Storch und Kolibri

(südamerikanisch)

Man erzählt, dass der Kolibri sich zum Maguary-Storch gesellte. »Schwager, wir wollen um die Wette fliegen!« sagte er zu ihm. – »Vorwärts! Aber hast du denn auch Kraft zum Fliegen?«, antwortete ihm dieser. – »Ich habe Kraft.« – »Das werden wir sehen. Wann soll es denn sein?« – »Morgen früh.« – »Gut! Ich warte auf dich.«

Am anderen Morgen kam der Kolibri und gesellte sich zum Maguary. »O, Schwager, was gibt's Neues?« – »Nichts von Bedeutung.« – »So wollen wir anfangen!« Man sagt, dass alsdann der Maguary den Kolibri fragte: »Wer fliegt zuerst? Gehe du; ich komme nach.«

Der Kolibri flog also davon und verschwand. Dann machte sich der Maguary auf. Kaum war der Kolibri bis in die Mitte des Flusses gekommen, da ermüdete er, fiel herab und trieb auf dem Wasser dahin. Gleich darauf kam der Maguary.

»O, Schwager, was gibt's Neues? « – »Nichts von Bedeutung. Ich bin müde.« – »Siehst du!« – »O, Schwager, lass mich dein Steuer ergreifen!« – »Einverstanden! Setze dich auf meine Beine!« Da stieg der Kolibri auf seine Beine. »Nun vorwärts, Schwager!«

Man sagt, dass sie weiterflogen und mit Sonnenuntergang an das andere Ufer des Flusses kamen.

Wildschwein und Chamäleon laufen um die Wette

(von Madagaskar)

Wildschwein und Chamäleon, so geht die Mär, waren eines Tages auf der Nahrungssuche und begegneten sich am Ufer des Entwässerungskanals eines Reisfeldes. Das Wildschwein fragte das Chamäleon nach woher, wohin? »Ich suche mir etwas zu essen«, antwortete es. – »Du wirst gerade was zum Beißen finden, du bist ja so schwach und langsam! Du musst nicht so planlos umherirren. Fürchtest du dich denn nicht, einmal einem solch großen Tier wie mir zu begegnen und von seinen Hufen zertreten zu werden?«

»Du hast schon recht«, entgegnete das Chamäleon, »und alles, was du sagst, stimmt aufs Haar. Aber bedenke doch auch, bin ich schon klein, so brauche ich nur wenig zum Essen, und deshalb kann ich nur sehr leicht das verschaffen, was ich nötig habe.« Das Wildschwein war ganz erstaunt und fand keine Worte zur Erwiderung. Das Chamäleon setzte hinzu: »Bist du einverstanden, Herr Vetter, dann wetten wir einmal. Glaube aber bitte nicht, dass ich dich, den viel Stärkeren, zum Kampfe herausfordern will. Ich schlage dir nur ein einfaches, kleines Vergnügen vor.« – »Einverstanden; wenn du schon, trotz deiner Kleinheit, so verwegen bist, dann werde ich, der Große und Starke, doch nicht nein sagen. Sprich, welche Wette wollen wir eingehen?« – »Was du willst!«

Sie entschieden sich für einen Wettlauf und wählten zum Ziel einen Baum, der in recht beträchtlicher Entfernung vor ihnen am Wege stand. »Ich bin fertig!«, sagte das Wildschwein. – »Warte bitte noch einen Augenblick«, sprach das andere Tier, »damit ich das Ziel klar erkennen kann.« Dabei traf das Chamäleon einige Vorbereitungen, um im geeigneten Augenblick auf den Rücken des Schweines springen zu können. Als es eine günstige Stelle gefunden hatte, rief es: »Herr Vetter, es kann losgehen!« Gleichzeitig sprang es auf den Rücken des Schweines, das unter Aufbietung aller Kräfte vorwärtsstürmte.

Als sie am Ziel waren, ließ sich das Chamäleon ins Gras fallen. Das Wildschwein schaute sich um und meinte, das Chamäleon wäre noch weit hinten. »Herr Vetter«, rief es, »schaut nicht zurück, ich bin bereits hier vor dir!« Wütend wollte das Wildschwein den Wettstreit wiederholen. Das Chamäleon nahm an, gebrauchte dieselbe List und war wieder der Erste. Das Wildschwein war immer ärgerlicher geworden: »Kein Tier hat mich je besiegt; ich werde mich rächen und dich verschlingen.« – »Das wäre Verrat, Herr Vetter! Haben wir nicht eine gemeinsame Abmachung getroffen?« – »Ich erinnere mich daran nicht im allergeringsten, ich will dich fressen.« – »Na, dann erlaube nur wenigstens, meine Verwandten vorher davon in Kenntnis zu setzen, denn das ist ja kein Spiel mehr, sondern eine höchst wichtige Angelegenheit.« – »Mach, dass du fortkommst«, sagte das Wildschwein, »ich werde hier warten.«

Also begab sich das Chamäleon fort. Es traf zunächst den Tsintsina-Vogel und sprach zu ihm: »Ich will mit dem Wildschwein kämpfen. Bitte, stehe mir bei, du bist ja ein hilfsbereiter Freund.« – »Gern«, erwiderte der Tsintsina-Vogel, »vertraue mir nur. Ich werde im hohen Grase sitzen und aufpassen.« Darauf erblickte das Chamäleon die Wachtel und bat sie um die gleiche Hilfeleistung. Die Wachtel sagte zu und wollte sich in den Graben begeben, um dem Kampfe zuzuschauen. Dann traf das Chamäleon die Lerche, den Papelika-Vogel und den Frosch. Es erzählte allen dasselbe und erhielt die gleiche Antwort.

Inzwischen war das Wildschwein ungeduldig geworden und, anstatt auf seinen Feind zu warten, ihn suchen gegangen. Unterwegs wurde es vom Tsintsina-Vogel bemerkt, der rief: »Iaty! Iaty! Da ist er! Da ist er!« Das Wildschwein meinte die Stimme des Menschen zu hören und schlug sich seitwärts in die Büsche. In der nächsten Bodensenke rief ihm die Wachtel entgegen: »Safaleo! Safaleo! Umzingelt, umzingelt ihn!« Es flüchtete weiter. Am Bergfuß bemerkte es der Papelika-Vogel: »Bobo! Bobo! Piff, paff!« In der Ebene ließ die Lerche ihren Ruf erschallen, als es bei ihr vorüberlief: »Sorosy! Sorosy! Fangt ihn! Fangt ihn!« Und als es durch ein Reisfeld trabte, quakte der Frosch: »Peheto! Peheto! Greift an! Greift an!« Das Wildschwein, das von all den Anstrengungen ganz erschöpft war, wusste nicht, nach welcher Seite es flüchten sollte. In diesem Augenblick kam der Mensch mit einem Hunde vorbei. Sie töteten das Wildschwein.

So wurde das große und starke Wildschwein von der Klugheit des kleinen Chamäleons besiegt.

Fink und Frosch

(Wilhelm Busch)

Auf leichten Schwingen frei und flink
Zum Lindenwipfel flog der Fink
Und sang an dieser hohen Stelle
Sein Morgenlied so glockenhelle.
Ein Frosch, ein dicker, der im Grase
Am Boden hockt, erhob die Nase,
Strich selbstgefällig seinen Bauch
Und denkt: Die Künste kann ich auch.
Alsbald am rauen Stamm der Linde
Begann er, wenn auch nicht geschwinde,
Doch mit Erfolg, emporzusteigen,
Bis er zuletzt von Zweig zu Zweigen,
Wobei er freilich etwas keucht,
Den höchsten Wipfelpunkt erreicht
Und hier sein allerhöchstes Quacken
Ertönen lässt aus vollen Backen.
Der Fink, dem dieser Wettgesang
Nicht recht gefällt, entfloh und schwang
Sich auf das steile Kirchendach.
»Wart«, rief der Frosch, »ich komme nach!«
Und richtig ist er fortgeflogen,
Das heißt, nach unten hin im Bogen,
So dass er schnell und ohne Säumen
Nach mehr als zwanzig Purzelbäumen
Zur Erde kam mit lautem Quack,
Nicht ohne großes Unbehagen.
Er fiel zum Glück auf seinen Magen,
Den dicken, weichen Futtersack,
Sonst hätt er sicher sich verletzt. –
Heil ihm! Er hat es durchgesetzt.

Eichhorn und Wind

(Wilhelm Hey)

Eichhorn: Huhu! wie bläst du kalt, Herr Wind!
Mein Türchen stopf ich zu geschwind
Und tu mir ein andres auf da drüben.

Wind: Ich blase auch dort ganz nach Belieben.

Eichhorn: So mache ich jenes wieder zu
Und rufe vergnügt: Bleib draußen du!

Der Wind der machte ein bös Gesicht,
Das Eichhorn sah es eben nicht.
Der Wind, der schüttelte an dem Baum,
Das Eichhorn drinnen merkt es kaum;
Es ließ ihm draußen seinen Lauf
Und knackte sich ein Nüsschen auf.

Vom Hasen, Elefanten und Walfisch

(von Mauritius)

Vetter Hase ging eines Tags spazieren. Er kommt an den Meeresstrand, und wie er sich so das große Wasser ansieht, sieht er den Walfisch schwimmen. Hase, wie er ist, kann er nicht anders, als sich über die Größe dieses Tieres verwundern: »Mama! Welch ungeheures Tier!«

Er ruft den Walfisch: »He du! Komm ein wenig näher. Ich hab dir ein Wörtchen zu sagen.« Der Walfisch schwimmt ans Ufer, und der Hase sagt zu ihm: »Gewiss, du bist groß und dick, aber nicht die Figur gibt die Kraft, die Sehnen und Muskeln sind es, die Kraft geben. Ich bin ganz klein, nicht wahr? Nun, willst du wetten, dass ich stärker bin als du?«

Der Walfisch sieht ihn an und beginnt zu lachen. Der Hase fährt fort: »Hör zu. Ich werde eine große, dicke Leine holen; das eine Ende wirst du um deinen Schwanz befestigen, und das andere Ende schlinge ich mir um die Rippen. Jeder zieht an seiner Seite. Wetten wir, dass ich dich ans Trockene setze!« – »Geh und suche dein Seil, mein Kleiner, wir werden sehen.«

Der Hase verlässt den Walfisch, er geht in den Wald, sucht den Elefanten und sagt zu ihm: »Riesiger Kopf, ganz kleines Schwänzchen! Niemals haben Leute von solcher Gestalt wirklich Kraft besessen. Ich bin ganz klein, aber wenn wir uns miteinander messen würden, so wette ich, dass ich Sieger bliebe!«

Der Elefant besieht sich den Hasen und beginnt zu lachen. Der Hase sagt zu ihm: »Hör zu, ich werde eine große, dicke Leine holen. Du bindest das eine Ende an deine Rippen und ich das andere um die meinigen. Jeder zieht von seiner Seite, und was gilt die Wette, dass ich dich wie einen kleinen Fisch bis an den Meeresstrand ziehe!« – »Geh und hole dein Seil, Kamerad, wir werden sehen.«

Der Hase geht und holt ein riesiges Seil. Das eine Ende gibt er dem Walfisch und sagt zu ihm: »Binde es gut fest. Wenn ich dir zurufe, ich bin bereit, dann zieh los! So fangen wir beide gleichzeitig an zu ziehen.« Der Walfisch bindet das Seil um seinen Schwanz und wartet.

Der Hase bringt das andere Ende des Seiles zum Elefanten und sagt: »Binde es gut fest. Gleich werde ich dir zurufen, dass ich bereit bin, und dann muss jeder von seiner Seite ziehen.« Der Elefant bindet sich das Seil um die Rippen und wartet. Der Hase geht und versteckt sich in den Dornen. Dann ruft er plötzlich: »Ich bin bereit, zieh!«

Der Walfisch zieht von hier, der Elefant zieht von dort. Das Seil spannt sich an wie eine Saite auf der Geige. Sie legen beide ihre ganze Kraft hinein, keiner von beiden kann den andern in Bewegung setzen. Sie ziehen, sie ziehen! Plack! Das Seil reißt. Der Elefant streckt alle Viere in die Luft, der Walfisch gerät ins Korallenriff und verwundet sich.

Der Hase läuft zum Elefanten: »Ah, Kamerad, hast du dir wehgetan? Warum spielst du aber auch mit einem, der stärker ist als du!« Der Elefant findet kein Wort der Entgegnung.

Der Hase läuft zum Walfisch an den Meeresstrand, sieht das vom Blut gerötete Wasser und ruft: »Es tut mir leid, dass du verwundet bist. Du hast dir wehgetan, und ich bedaure das wirklich. Aber warum rühmst du dich auch, dass du so stark seist wie ein Hase. Es ist dumm, so stolz zu sein!«

Der Walfisch bleibt stumm. Was hätte er auch antworten sollen?

Der Elefant und der Hahn

(sudanesisch)

Hahn und Elefant forderten einander eines Tages zum Wettstreit auf, wer von ihnen ein beharrlicherer Fresser wäre. Als sie an dem vereinbarten Orte sich getroffen hatten, machten sie sich sofort ans Werk. Gegen Mittag legte sich der Elefant gesättigt nieder und versank in Schlaf. Nach einigen Stunden wachte er auf und bemerkte zu seinem großen Verwundern den Hahn, wie er immer noch unter dem Grase scharrte und pickte. Auch er begann zu fressen.

Neuerdings gesättigt, zog er sich zurück, während er mit stets wachsendem Staunen den Hahn immer noch Nahrung zu sich nehmen sah. Als sich die Sonne zum Untergang wendete, beeilte sich der Hahn, sich auf den Rücken des Elefanten zu setzen, der sich mittlerweile gelegt hatte. Kurze Zeit verstrich, da fühlte der Elefant Stiche auf seinem Rücken. »Was machst du da?«, rief er halb erschreckt. »Nichts, ich nähre mich von den Insekten, die ich in den Borsten deiner Haut finde.«

Entsetzt über eine derartig ausdauernde Gefräßigkeit, erhob sich der Elefant und suchte wie ein Narr das Weite. Und seit diesem Tage flieht der Elefant stets, wenn er das Krähen des Hahnes hört.

Der Elefant wettet mit dem Tiger

(malaiisch)

In längst vergangenen Tagen waren Gajah, der Elefant, und Rimau, der Tiger, die besten Freunde. Eines Tages kamen sie auf eine Lichtung und trafen dort Lotong, den langgeschwänzten Brillenaffen. Als der Elefant den Affen erblickte, sagte er: »Herr Lotong lärmt einmal wieder ganz ungebührlich. Wir wollen ihn vom Baum jagen. Fällt er auf meinen Anruf, dann darf ich dich fressen, fällt er bei deinem, dann darfst du mich fressen – nun, wollen wir wetten?« Der Tiger fragte: »Einverstanden?« Der Elefant antwortete: »Einverstanden!« – »Schön«, sagte der Tiger, »dann probiere du es zuerst und drohe ihm.« Da bedrohte der Elefant den Affen. »Au! Au! Au«, trompetete er, und jedes Mal, wenn er trompetete, bekam der Affe es mit der Angst. Kopf voraus sprang er von einem Ast zum anderen, doch fiel er kein einziges Mal zu Boden.

Schließlich fragte der Tiger den Elefanten: »Nun, Vetter Elefant, willst du dein Glück nochmals versuchen?« Doch der Elefant erwiderte: »Nein, danke. Du kannst es einmal versuchen, und wenn er herunterfällt, sollst du mich fressen – vorausgesetzt, dass er wirklich herunterfällt!« Nun ging der Tiger los, er brüllte so laut er nur konnte, duckte sich zu Boden, setzte zum Sprung an und bedrohte so den Affen dreimal. Und der Affe ließ los, er fiel dem Tiger vor die Füße, denn Arme und Beine waren ihm dermaßen vor Schrecken gelähmt, dass er keinen Zweig mehr festhalten konnte. Da sagte der Tiger: »Nun, Freund Elefant, ich glaube, ich darf dich jetzt fressen.« Der Elefant erwiderte: »Ja, die Wette hast du gewonnen, doch bitte ich dich, mir sieben Tage Aufschub zu gewähren, ich möchte meine Frau und meine Kinder noch einmal sehen und auch mein Testament machen.« Der Tiger gewährte die Bitte. Brummend und bei jedem Schritt seufzend trabte der Elefant nach Hause.

Als die Frau des Elefanten das Schnaufen ihres Mannes vernahm, sagte sie zu den Kindern: »Was mag denn dem Vater zugestoßen sein? Er seufzt ja entsetzlich!« Die Kinder spitzten die Ohren und meinten: »Ja, das ist Vaters Stimme, er seufzt, es kann niemand anders sein.« Vater Elefant kam herein, und Mutter Elefant fragte: »Vater, weshalb seufzt du denn so? Was hast du dir getan?« Vater Elefant antwortete: »Ich habe mit Freund Tiger eine dumme Wette gemacht, wer nämlich von uns beiden einen Affen vom Baum herunterschütteln könnte. Freund Tiger hat gewonnen. Ich drohte dem Affen, doch fiel er nicht herunter. Wenn er herabgefallen wäre, hätte ich den Tiger fressen dürfen, aber wenn der Tiger ihn herunterkriegte, durfte er mich fressen. Ich habe verloren, und Freund Tiger will mich nun fressen. Aber ich bat ihn, dass er mich noch einmal nach Hause entließ, um von euch Abschied zu nehmen, und so habe ich sieben Tage Aufschub bekommen.«

Sieben Tage lang seufzte Vater Elefant in einem fort, er aß nicht, er schlief nicht. Freund Zwerghirsch hörte von der Geschichte. »Was mag nur mit Freund Elefant los sein, der schnaubt und trompetet in einem fort, er schläft auch nicht, und macht so die Nacht zum Tag und den Tag zur Nacht. Was mag ihm nur zugestoßen sein? Ich werde ihn einmal aufsuchen«, sagte der Zwerghirsch. Darauf zog er los, um nach dem Rechten zu sehen, und er fragte: »Freund Elefant, was fehlt dir nur? Jeden Tag und jede Nacht hört man dich trompeten, gerade als ob die Welt untergehen sollte. Weshalb machst du solchen Lärm?«

Der Elefant erwiderte: »Freund Zwerghirsch, ich habe alle Ursache dazu, ich bin in eine fürchterliche Klemme geraten.« – »In welche Klemme?«, fragte der Zwerghirsch. – »Ich wettete mit dem Tiger, wer von uns beiden einen Affen vom Baum schütteln könnte, und er hat gewonnen.« – »Um was habt ihr gewettet?«, fragte der Zwerghirsch weiter. – »Wir wetteten, wenn Freund Tiger den Affen vom Baum bekäme, dann dürfte er mich fressen, und falls ich ihn herabjagte, sollte ich Freund Tiger fressen. Freund Tiger kriegte ihn herunter, und nun will er mich fressen. Deshalb mag ich nicht essen, kann nicht schlafen und habe nur noch diese sieben Tage Frist, um meine Frau und Kinder zu besuchen und mein Testament zu machen.«

Da sprach der Zwerghirsch: »Wenn Freund Tiger dich gefressen hätte, wäre ich sehr betrübt, wäre ich ganz außerordentlich bekümmert gewesen. Aber wie die Dinge nun liegen, bin ich weder eins noch das andere.« – »Willst du mir beistehen, will ich dein Diener sein und meine Nachkommen sollen deine Diener sein.« – »Schön, dann will ich dir helfen«, sagte der Zwerghirsch. »Geh und schau dich nach einem Krug Palmsirup um.«

Freund Elefant versprach es und trottete zum Haus eines Palmweinmachers. Der lief eilends fort, als er den Elefanten kommen sah. So kam der Elefant in den Besitz eines Kruges Palmsirups und brachte ihn dem Zwerghirsch. Freund Zwerghirsch sagte: »Wann läuft die Galgenfrist ab?« Freund Elefant antwortete: »Morgen.«

Als sie am nächsten Morgen losgingen, sprach der Zwerghirsch: »Gieß dir den Sirup über den Rücken und lass ihn über die Flanken und Beine herablaufen.« Freund Elefant gehorchte. Freund Zwerghirsch unterwies nun den Elefanten: »Wenn ich den Sirup auflecke, dann trompete so laut du kannst, damit die Leute denken, ich hätte dich furchtbar verletzt, auch winde und wende dich hin und her.«

Freund Zwerghirsch begann darauf tüchtig zu lecken. Freund Elefant wand und wendete sich hin und her, so dass alle glaubten, man täte ihm furchtbar weh, und dabei trompetete er ganz fürchterlich. So zogen sie weiter. Freund Zwerghirsch stieg auf und setzte sich aufs Hinterteil des Elefanten. Und der Elefant trompetete und trompetete, bis sie endlich dem Tiger begegneten. Da rief der Zwerghirsch: »Ach, mit so einem Elefanten wird man schnell fertig. Wenn ich bloß diesen dicken, fetten, alten Tiger zu fassen kriegen könnte, dann würde ich eben, eben noch satt.«

Als Freund Tiger diese Worte vernahm, dachte er bei sich: Ich glaube, wenn der mich fängt, frisst er mich obendrein auch noch auf. Freund Tiger blieb daher keinen Augenblick mehr stehen, sondern sprang in großen Sprüngen davon, um sich in Sicherheit zu bringen.

Er traf den schwarzen Affen. Freund Affe fragte: »Freund Tiger, weshalb rennst du denn so? Warum all dieser Lärm? Stürzt der Himmel ein? Weshalb diese großen Sprünge?« Freund Tiger antwortete: »Was heißt ›all dieser Lärm‹? Was für ein Kerl hockt da auf dem Rücken von Freund Elefant, hat Freund Elefant gefangen und schlingt große Stücke von ihm hinein, so dass der arme Kerl sich vor Schmerzen nicht zu lassen weiß und das Blut in Strömen von ihm herabrinnt? Außerdem sagt der Kerl, der da auf dem Rücken von Freund Elefant sitzt – ich habe es selbst gehört –, dass er mit einem einzelnen Elefanten schnell fertig würde, er möchte sich noch gern einen dicken, fetten, alten Tiger fangen, dann wäre sein Hunger knapp gestillt.«

Freund Affe sagte: »Freund Tiger, was für ein Kerl war es denn?« – »Das weiß ich nicht«, antwortete der Tiger. »Aha«, schmunzelte der Affe, »es soll mich gar nicht weiter wundern, wenn es nicht Freund Zwerghirsch gewesen ist!« – »Nein, ganz gewiss nicht«, sagte der Tiger, »um alles in der Welt wäre es doch nicht möglich, dass Freund Zwerghirsch mich verschlingen könnte. Außerdem frisst er ja gar kein Fleisch. Komm, wir wollen zurückgehen.«

Nun suchten sie den Elefanten. Zuerst ging der Affe voran, darauf der Tiger, und zum Schluss war der Affe wieder voraus. Als der Zwerghirsch, der noch immer auf dem Rücken des Elefanten saß, die beiden kommen sah, rief er: »Hallo, Vetter Affe, du bist mir ein netter Kunde. Erst versprichst du mir, zwei

Tiger zu bringen, und nun kommst du bloß mit einem? Den nehme ich nicht, Vetter Affe.«

Als Freund Tiger dies hörte, lief er so schnell wie er konnte davon. Dann verlangsamte er seine Schritte und sagte: »Freund Affe, das war gemein von dir, mich in eine solche Falle zu locken, nur damit du deine Versprechungen einlösen kannst. Schäme dich, Vetter Affe! Es ist ja noch ein Glück für mich, dass er mich nicht haben will. Hätte er mich genommen, wäre ich tot und alles mit mir vorbei. Aber warte nur, kommst du mir noch einmal in den Weg, dann sollst du sterben, weil du mich in den Hinterhalt locken wolltest.«

So entstand die Feindschaft zwischen Tiger und Affen, die bis auf den heutigen Tag andauert, denn der Tiger kann es dem Affen nicht vergessen, dass er ihn überlisten wollte. Und damit ist die Geschichte aus.

Wettlauf zwischen Zecke und Strauß

(südamerikanisch)

Die Zecke und der Strauß wollten einen Wettlauf veranstalten, um zu sehen, wer am besten laufen konnte. Als sie zu laufen begannen, hüpfte die Zecke auf den Strauß und biss sich in den Augenwinkeln fest.

Als der Strauß eine Strecke gelaufen war, schielte er nach der Seite, um zu sehen, ob die Zecke auch mit war. Da sie in dem Augenwinkel war, sah er sie an seiner Seite.

Der Strauß beeilte sich. Als er ein Stückchen gelaufen war, schielte er wieder zur Seite und sah, dass die Zecke noch an seiner Seite war.

Der Strauß lief aus Leibeskräften. Als er dem Ziele ganz nahe war, hüpfte die Zecke von dem Augenwinkel und kam als Erste an.

Die Zecke hatte den Wettlauf gewonnen.

Die Übel

(Novalis)

Einst klagte ein Esel: »Ich Unglücklicher! Ich habe keine Hörner.« Ein Fuchs stand dabei: »Ja! Ich bin noch unglücklicher, ich habe keine langen Beine.« – »Schweigt«, rief der Maulwurf, »bin ich nicht gar blind.«

»Der ist sicher ein Tor«, sprach das weise Pferd, »der sich für den unglücklichsten hält.«

Von kleinen Grossen und grossen Kleinen

Die Königswahl

(Christian August Fischer)

Der Löwe war gestorben, und die Tiere versammelten sich, einen Nachfolger zu wählen. Die Reichskrone wurde gebracht, die Stimmen wurden gesammelt, jeder schlug einen von seiner Familie vor: Es war nichts als Verwirrung.

»Ein Wort«, sagte der Fuchs. »Lasst uns sehen, wem die Krone am besten passt, und er soll König sein!« Der Vorschlag gefiel, man schritt zum Werke. Der Tiger, der Bär, der Wolf, die Hyäne – alle probierten sie aus, und alle Stimmen waren wider sie.

Die übrigen Tiere folgten, keines gefiel. Endlich trat auch der Esel auf. Die Krone saß malerisch zwischen seinen beiden langen Ohren, die wie Schildträger aussahen. »Vortrefflich! Vortrefflich«, rief die ganze Versammlung. »Es lebe der König!« Und nach sicheren Nachrichten soll die Krone von der Zeit an bei seiner Familie geblieben sein.

Der Bär, der Fuchs und der Sperling

(Rudolf Baumbach)

Der Bär war in die Fremde gegangen. Unterdessen hatte sich ein Sperling am Eingang der Bärenhöhle sein Nest gebaut, und als der Fuchs, des Bären Hausmeier, ihn aufforderte, den Ort zu verlassen, lachte er und behauptete dreist, der ganze Wald und auch die Höhle gehöre ihm zu eigen.

Eines Tages kehrte der Bär von seiner Wanderschaft zurück und wollte von seiner Höhle wieder Besitz ergreifen. Der Fuchs aber war dem Heimkehrenden entgegengegangen, um ihn zu begrüßen. Er teilte dem Bären auch mit, dass eine Sperlingsfamilie am Eingang der Höhle ihr Nest gebaut und dass es dort sehr laut hergehe.

»Mein Freund«, sprach der Bär, »weißt du auch gewiss, dass es nur Sperlinge sind?« – »Ja, Herr, es ist ein elender, schwacher Sperling mit seinem Weib und seinen fünf Jungen.« – »Ein Tier, das sich in meine Höhle wagt, ist sicher kein schwaches, elendes Tier, sondern ein starker, gefährlicher Feind, vor dem ich mich zu hüten habe. Mir grauet vor dem Abenteuer; es wird nicht gut ablaufen.«

Auch der Sperling hatte erfahren, dass der Bär im Anzug sei, und er sprach zu seiner Frau: »Liebe, heute oder morgen wird der Bär kommen, um von seiner Höhle Besitz zu ergreifen. Aber den dummen Bären wollen wir schön anführen. Tu nur genau alles, was ich dir sage.« Und dann hielt er lange Rücksprache mit der Sperlingsfrau.

Am Nachmittag kam der Bär mit dem Fuchs und wollte seine Höhle beziehen. »Hört Ihr das Geschrei der Sperlinge?«, fragte der Fuchs. Der Bär winkte ihm zu schweigen, denn eben erhob der alte Sperling seine Stimme. »Was haben denn die Kleinen, dass sie so grausam schreien?«, fragte er seine Frau. – »Hunger haben sie«, war die Antwort. – »So gib ihnen doch von dem Bärenfleisch zu essen, das wir vorrätig haben«, sprach der Sperling. – »Ach«, sagte das Weibchen, »das Bärenfleisch ist von gestern, und die Jungen wollen frisches. Warum hast du die Leckermäuler so verwöhnt?«

»So vertröste sie auf morgen«, sprach der alte Sperling wieder. »Der Bär, der diese Höhle sonst bewohnt, kommt heute zurück, und mein Freund, der Fuchs, hat mir versprochen, ihn mit List hierher zu bringen. Wenn das geschieht, will ich den Bären umbringen, und unsere Kleinen sollen sich morgen an frischem Bärenfleisch erlustigen.«

Wie das der Bär hörte, gab er dem Fuchs mit seiner Tatze einen Schlag, dass dieser das Aufstehen vergaß. Dann packte er seine sieben Sachen zusammen, verließ die Sperlinge, die Höhle und den Wald, ging in die Stadt und wurde Tanzbär.

Der Löwe und die Katze

(persisch)

In der Wüste wohnte einmal ein Löwe, der war schon so alt, dass er nicht einmal mehr das Fleisch, das ihm seine Söhne brachten, mit den Zähnen festhalten konnte. Und da nun auch viele Mäuse in der Wüste lebten, kamen sie heran, wenn der Löwe schlief, und zernagten die Fleischbrocken. Aber sie machten dabei einen solchen Lärm, dass der Löwe immer in seiner Ruhe gestört wurde. Da fragte der Löwe andere Tiere, die seine Hofleute waren, um Rat, wie man die Mäuse verjagen könne.

Da sagte der Fuchs: »Es ist eine Katze da. Befehlt ihr, jede Nacht hier Wache zu stehen.« Also ließ der Löwe die Katze kommen und ernannte sie zu seinem Haushofmeister. Und als die Mäuse die Katze sahen, schlichen sie sich davon, und der Löwe konnte jetzt ungestört schlafen. Die Katze aber wurde befördert. Doch die war schlau und setzte die Mäuse nur in Schrecken. Zubeißen aber tat sie nie, denn sie dachte: Wenn ich die Mäuse ausrotte, dann braucht mich ja der Löwe nicht mehr und wird mich absetzen und aus seinem Dienst entlassen, und ich werde wieder arm sein wie zuvor.

Aber eines Tages musste sie zu ihrer kranken Mutter und übertrug ihrem Söhnchen alle Aufgaben. Und das Kätzchen fiel sofort über die Mäuse her, bis es keine mehr gab. Ja, da war die Mutter böse, als sie zurückkam, denn wenn es keine Mäuse mehr gab, da brauchte sie auch der Löwe nicht mehr. Und richtig, als der Löwe sah, dass es keine Maus mehr gab, da sagte er: »Liebe Katze, ich musste dir hohen Lohn zahlen, damit du mich vor den Mäusen beschützt. Aber jetzt, da es keine mehr gibt, brauche ich dich nicht mehr. Geh also wieder hin, wo du hergekommen bist.«

Das sagte der undankbare Löwe. Und die überschlaue Katze musste zurück in die Armut, weil ihr Söhnchen zu übereifrig gewesen war und noch nicht wusste, dass einen die großen Tiere nur so lange umschmeicheln und befördern, solange sie einen brauchen.

Der Wolf und der Kranich

(Aesop)

Ein Wolf hatte ein Schaf erbeutet und verschlang es so gierig, dass ihm ein Knochen im Rachen steckenblieb. In seiner Not setzte er demjenigen eine große Belohnung aus, der ihn von dieser Beschwerde befreien würde.

Der Kranich kam als Helfer herbei. Es strecke seinen Kopf in den Rachen des Wolfs, und glücklich gelang ihm die Kur. Er forderte nun die wohlverdiente Belohnung. »Wie?«, höhnte der Wolf, »du Unverschämter! Ist es dir nicht Belohnung genug, dass du deinen Kopf aus dem Rachen eines Wolfes wieder herausbrachtest? Gehe heim und verdanke es meiner Milde, dass du noch lebst!«

Hilf gern in der Not, erwarte aber keinen Dank von einem Bösewicht, sondern sei zufrieden, wenn er dich nicht beschädigt.

Hasenlist

(asiatisch)

In einem Wald hauste ein fürchterlicher Löwe, der unaufhörlich die anderen Tiere verfolgte und mordete. Da schlossen sie sich zusammen und beschlossen, den Löwen als König anzuerkennen und ihm täglich ein Tier zu opfern, wenn er mit dem Ausrotten aller Bewohner aufhören würde.

Eines Tages fiel die Wahl auf einen alten Hasen, er sollte dem Löwen als Nahrung dienen. Aber der Hase war ein gewieftes Bürschchen und mit allen Wassern gewaschen. Der König will mich umbringen, dachte er, also muss ich ihm nicht länger gehorchen. Ich lasse mich nicht wie ein einfältiges Lamm geduldig abschlachten.

Der Hase zockelte gemächlich zum König und näherte sich ihm im Schneckentempo. Der hungrige Löwe wurde zornig und brüllte: »Du ungehobelter Flegel, du wagst es, deinen König warten zu lassen?« – »Verzeiht, mein edler König«, stotterte der gerissene alte Hase mit ersterbender Stimme, »die Angst sitzt mir noch in den Knochen und hat mich völlig gelähmt. Stellt Euch vor, welchen Schrecken ich erlitten habe, als ich auf dem Weg zu Euch einen anderen Löwen traf. Zunächst freute ich mich, denn ich glaubte, Ihr wäret es. Aber welch Entsetzen packte mich, als ich erkennen musste, dass es ein fremder Löwe war.

Mein König, er sah Euch so ähnlich, als wäre es Euer Bruder. Nur schien er mir, Ihr verzeiht meine Aufrichtigkeit, ein wenig stärker zu sein als Ihr. Er ergriff mich grob bei meinen Ohren und wollte mich verschlingen! Denkt Euch nur, ausgerechnet mich, den alle Tiere für unseren heißgeliebten König auserwählt hatten. Geistesgegenwärtig verteidigte ich Euer Vorrecht auf mich und erzählte ihm, dass mich die Pflicht zu Euch ruft. Darauf ließ er mich unsanft fallen und hieß mich schwören, sobald ich Euch benachrichtigt hätte, postwendend zu ihm zurückzukommen.«

Dem König hatten sich bei den Worten des Hasen vor Grimm die Haare aufgestellt. Er raste: »Wo ist dieser verwegene Lümmel, der die Frechheit besitzt, in mein Reich einzudringen und meinen Untertanen zu befehlen? Langohr, auf der Stelle führst du mich zu ihm!« Der durchtriebene Hase sträubte sich mächtig. Aber der Löwe fuhr ihn an: »Wirst du wohl folgen! Du hast keinen Grund, dich zu fürchten.«

Der findige Hase führte den Löwen einen weiten Weg und dachte dabei: Die Zeit wird für mich arbeiten. Je weiter der Weg, umso größer der Hunger des Königs. Je größer der Hunger, desto stärker sein Zorn. Je stärker sein Zorn, umso sicherer gelingt mir mein Streich. Endlich lockte der Schlaukopf den Löwen zu einem Brunnen, blieb davor stehen und flüsterte ihm mit zittriger Stimme zu: »Dort unten haust der Fremde.« Der König blickte wutschnaubend in die Tiefe. Als er dort unten einen Löwen sah, stürzte er sich kampfwütig hinunter und ertrank.

Er hatte sein eigenes Spiegelbild für einen Rivalen gehalten.

Der Leopard und der Widder
(südafrikanisch)

Als Leopard einst von der Jagd heimkehrte, erblickte er zufällig einen Widder. Nun hatte der Leopard nie zuvor einen Widder gesehen und näherte sich ihm demzufolge in sehr unterwürfiger Weise, wobei er sagte: »Guten Tag, mein Freund! Wie magst du wohl heißen?« Der Widder erwiderte mit rauer Stimme, während er sich mit dem Vorderfuß auf die Brust schlug: »Ich bin ein Widder, und wer bist du?« – »Ein Leopard«, versetzte der andre, mehr tot als lebendig, dann nahm er Abschied und eilte heim, so schnell er laufen konnte.

Nun lebte mit dem Leoparden zusammen ein Schakal, und zu dem ging der Leopard hin und sprach: »Freund Schakal! Ich bin ganz außer Atem und halbtot vor Schrecken, denn ich habe soeben einen fürchterlichen Burschen mit großem, dickem Kopf gesehen, der mir auf die Frage nach seinem Namen ganz grob erwiderte: Ich bin ein Widder.« – »Was bist du doch für ein närrischer Kerl«, rief der Schakal, »dass du solch ein schönes Stück Fleisch fahren lässt! Wie kannst du nur das tun? Aber wir wollen uns morgen auf den Weg machen und es in Gemeinschaft verzehren.«

Am folgenden Tag machten sich die beiden zur Lichtung des Widders auf. Als sie auf diese von der Höhe eines Hügels hinabsahen, erblickte sie der Widder, der ausgegangen war, um frische Luft zu schöpfen, und der eben überlegte, wo er wohl heute den zartesten Salat finden könnte. Da eilte er sofort zu seiner Frau und rief ihr zu: »Ich fürchte, dass unser letztes Stündlein geschlagen hat! Der Schakal und der Leopard kommen beide auf uns zu. Was sollen wir anfangen?« – »Sei nur nicht bange«, meinte seine Frau, »sondern nimm das Kind hier auf den Arm, gehe damit hinaus und kneife es recht tüchtig, so dass es schreit, als sei es hungrig.«

Der Widder gehorchte und ging so den Verbündeten entgegen. Sobald der Leopard den Widder erblickte, bemächtigte Furcht sich abermals seiner, und er wollte wieder umkehren. Der Schakal hatte für diesen Fall schon Vorsorge getroffen, er hatte nämlich den Leoparden mit einem ledernen Riemen an sich festgebunden. So sagte er nun: »So komm doch!« Da kniff der Widder sein Kind recht tüchtig und rief dabei laut: »Das ist recht, Freund Schakal, dass du uns den Leoparden zum Essen bringst. Hörst du, wie mein Kind nach Nahrung schreit?«

Als der Leopard diese schrecklichen Worte hörte, stürzte er, trotz der Bitten des Schakals, ihn doch loszulassen, in der größten Angst davon, während er zugleich den Schakal über Berg und Tal, durch Büsche und über Felsen mit sich fortschleppte und erst dann stillhielt und scheu um sich blickte, als er sich selbst und den halbtoten Schakal wieder nach Hause gebracht hatte.

Der Igel

(Leo Tolstoi)

Ein Kalb entdeckte einen Igel und sprach: »Ich fresse dich!« Der Igel wusste nicht, dass Kälber keine Igel fressen, erschrak, rollte sich ein und fauchte: »Versuch es doch!«

Mit erhobenem Schwanz fing das einfältige Kalb an zu hüpfen, stieß mit den Hörnern in die Luft, spreizte die Vorderfüße und beleckte den Igel. »Oi, oi, oi«, brüllte das Kalb und rannte zur Kuh-Mutter und beklagte sich: »Der Igel hat mich in die Zunge gestochen.«

Die Kuh hob den Kopf, blickte nachdenklich drein und riss weiter Gras ab. Der Igel indes rollte sich in eine dunkle Höhle unter einer Ebereschenwurzel und meinte fröstelnd: »Ich habe ein riesiges Tier besiegt. Ich muss ein Löwe sein!«

Und der Ruf über die Tapferkeit des Igels eilte bis hinter den blauen See, bis hinter den dunklen Wald. »Wir haben einen Igel, der ist ein Recke«, flüsterten ängstlich die Tiere.

Bewaffneter Friede

(Wilhelm Busch)

Ganz unverhofft, an einem Hügel,
Sind sich begegnet Fuchs und Igel.
»Halt«, rief der Fuchs, »du Bösewicht!
Kennst du des Königs Ordre nicht?
Ist nicht der Friede längst verkündigt,
Und weißt du nicht, dass jeder sündigt,
Der immer noch gerüstet geht? –
Im Namen Seiner Majestät,
Geh her und übergib dein Fell!«
Der Igel sprach: »Nur nicht so schnell!
Lass dir erst deine Zähne brechen,
Dann wollen wir uns weitersprechen.«
Und alsogleich macht er sich rund,
Schließt seinen dichten Stachelbund
Und trotzt getrost der ganzen Welt,
Bewaffnet, doch als Friedensheld.

Der Hahn und der Wurm

(Hermann Harry Schmitz)

An einem Freitagmorgen sagte der Regenwurm nach dem Morgenkaffee zu seiner Frau: »Höre mal, Traudchen, es wird mir hier unten zu muffig, ich krieche ein wenig nach oben, um Luft zu schnappen.« – »Gott, Kaspar«, ängstigte sich die Regenwürmin, »gib nur bei Leibe acht, dass dir nichts passiert. Du weißt, speziell Hühner sind so unglaublich roh und rücksichtslos.« – »Ich bin Fatalist«, sagte der Regenwurm kurz und verabschiedete sich von seiner Frau. Leise vor sich hin weinend, schaute die Gute ihrem Gemahl nach, bis er an der Biegung des Ganges verschwand.

Im Hühnerstall krakeelte zur gleichen Zeit der Hahn mit den Hühnern. »Ich bin den ewigen Körnerfraß leid. Wenn derartig nachlässig für mich gesorgt wird, suche ich mir draußen selbst etwas. Wann hatte ich den letzten Regenwurm?«, fuhr er sein Lieblingshuhn Mathilde an. – »Um Pfingsten«, stammelte dieses ganz zerknirscht. Der Hahn warf die Tür ins Schloss und ging auf den Hof.

Der Regenwurm war mittlerweile oben angelangt und hatte gerade das Loch verlassen. »O Schrecken! Ich bin verloren«, murmelte er entsetzt, als er den Hahn gewahrte, der soeben die ersehnte Delikatesse erspäht hatte und in eiligen Schritten auf ihn zukam. Schon bückt sich der Hahn, um sein Opfer zu verschlingen; da richtet sich der Regenwurm in seiner ganzen Länge kerzengerade auf und schnarrt dem Hahn entgegen: »Verzeihen Sie, ich bin eine Stricknadel.«

Der Hahn prallte zurück. Da er nicht gern Stricknadeln mochte, stammelte er verlegen: »Dann entschuldigen Sie, bitte«, machte eine leichte Verbeugung und ging weiter.

Der Wurm lachte sich ins Fäustchen.

Der Fuchs und der Tiger

(chinesisch)

Der Fuchs begegnete einst einem Tiger. Der zeigte ihm die Zähne, streckte die Krallen hervor und wollte ihn fressen. Der Fuchs sprach: »Mein Herr, Ihr müsst nicht denken, dass Ihr allein der Tiere König seid. Euer Mut kommt meinem noch nicht gleich. Wir wollen zusammen gehen, und Ihr wollet Euch hinter mir halten. Wenn die Menschen mich sehen und sich nicht fürchten, dann mögt Ihr mich fressen.«

Der Tiger war zufrieden, und so führte ihn der Fuchs auf eine große Straße. Die Wanderer nun, wenn sie von fern den Tiger sahen, erschraken alle und liefen weg.

Da sprach der Fuchs: »Was nun? Ich ging voran, die Menschen sahen mich und sahen Euch noch nicht.« Da zog der Tiger seinen Schwanz ein und lief weg.

Der Tiger hatte wohl bemerkt, dass die Menschen sich vor dem Fuchse fürchteten, doch hatte er nicht bemerkt, dass der Fuchs des Tigers Furchtbarkeit entlehnte.

Der Zwerghirsch und das Krokodil

(malaiisch)

Der Zwerghirsch ging eines Tages am Fluss spazieren und erblickte auf der anderen Seite einen Baum, an dem eine Frucht hing. Er wollte gerade über das Wasser setzen, als er ein Krokodil sah. »Wer ist da?«, fragte der Zwerghirsch, doch das Krokodil antwortete nicht. Darauf sagte der Zwerghirsch: »Oho, ich weiß wohl, wer du bist. Du bist das Krokodil. In sieben Tagen will ich meine ganze Sippe hierherbringen, dann wollen wir mit dir kämpfen. Bring deine Leute nur auch mit.«

Als der siebente Tag da war, begab sich der Zwerghirsch frühmorgens an den Fluss, bevor das Krokodil noch erschienen war. Er lief im Ufersand hin und her, so dass derselbe über und über mit seinen Fußspuren bedeckt war. Nach einer Weile kam das Krokodil mit seinen Gefährten. Der Zwerghirsch erwartete sie und sagte: »Ihr kommt ja sehr spät. Meine Genossen haben auf euch gewartet und gewartet, aber schließlich wurden sie müde, und nun sind sie nach Hause gegangen. Wollt ihr mir nicht glauben, dann seht euch einmal die Spuren im Sand an. Nun möchte ich dich und deine Gefährten zählen, damit ich weiß, wie viele ihr seid. Seid also so gut und stellt euch einmal von einem Ufer des Flusses zum anderen in einer Reihe auf.«

Das taten die Krokodile, und der Zwerghirsch schritt über die Rücken hinweg und zählte: »Eins, zwei, drei«, plötzlich tat er einen Satz und sprang auf das andere Ufer. Dann rief er: »Aha, euch habe ich angeführt! Wie könnte denn ein Zwerghirsch mit Krokodilen kämpfen! Ich sah auf dieser Seite eine Frucht, aber ich fürchtete mich, hinüberzuschwimmen, denn ich wusste ja, dass ihr auf mich wartet.« – »Schön«, antwortete das Krokodil, »warte nur, wenn du wieder zum Trinken an den Fluss kommst, dann werde ich dich fressen.«

Einige Tage später hatte der Zwerghirsch das Krokodil schon wieder vergessen. Er ging ans Wasser und wollte trinken. Da kriegte das Krokodil ihn beim Bein zu fassen. Darauf griff der Zwerghirsch nach einem Stück Holz, schob es ihm hin und sagte dann: »Du hast ja gar nicht mein Bein zu fassen, hier ist mein Bein«, und zeigte dabei auf das Stück Holz. Da ließ das Krokodil das Bein des Zwerghirschs los. Der Zwerghirsch sprang fort und rief: »So, jetzt habe ich dich wieder angeführt! Nein, Krokodil, du bist fürwahr auch gar zu dumm!« – »Na ja«, entgegnete das Krokodil, »das nächste Mal kommst du nicht so glimpflich davon.«

Der Krieg der Tiere

(Felix Fechenbach)

Die Raubtiere hatten mit den Raubvögeln einen heftigen Streit, der dazu führte, dass der Löwe, der König der Vierfüßler, dem Adler, dem Beherrscher der Lüfte, den Krieg erklärte.

Boten mussten im ganzen Tierreich alle Streitkräfte zusammenrufen. Die frei lebenden Tiere folgten auch willig dem Aufgebot. Die Haustiere aber erklärten, dass sie sich dem Heerzug nicht anschließen könnten, weil sie nicht gegen ihre Kameraden, die Hühner, Gänse und Enten, kämpfen wollten, die sicher auf der Seite des Adlers stehen würden, wenn die Haustiere für den Löwen Partei ergreifen. Außerdem aber seien sie bisher von den Raubtieren stets verfolgt und verachtet worden, so dass sie gar keinen Grund sähen, sich für die egoistischen Interessen der Raubtiere einzusetzen.

Als dem Löwen dies hinterbracht wurde, hielt er im Kreise der Raubtiere eine große Rede und setzte auseinander, dass es sich bei dem bevorstehenden Kampf nicht um Raubtierinteressen handle. Es gehe vielmehr um die höchsten Tierheitsideale, ja, um Sein oder Nichtsein des ganzen Tierreichs. Und er schloss mit dem großmütigen Satz:

»Angesichts dieses schweren Ringens kenne ich keine Raubtiere und keine Haustiere mehr. Ich kenne nur noch Tiere!«

Das blieb nicht ohne Wirkung auf die Haustiere. Sie machten sich in ihrer Mehrzahl die Gedankengänge des Löwen zu eigen und glaubten jetzt wirklich, dass es nicht um die selbstsüchtigen Interessen Einzelner gehe. Sie erklärten, ihre hohe Vierfüßlerkultur sei von der niedrigen Kultur der Raubvögel bedroht. Da müssten sie alles Trennende zurückstellen und wahr machen, was sie immer gesagt hatten: »In der Stunde der Not lassen wir das Tierreich nicht im Stich!«

Und so kam es, dass die Haustiere zusammen mit ihren schlimmsten Verfolgern, dem Löwen und den übrigen Raubtieren, gegen ihre bisherigen Kameraden, die Hühner, Gänse und Enten, kämpften, die sich dem Heer der Raubvögel angeschlossen hatten.

Als der Krieg zu Ende war, erinnerten die Haustiere den Löwen an sein Versprechen, dass er keinen Unterschied mehr machen wolle zwischen Raubtieren und Haustieren. Aber der Löwe und seine Räte lachten die Abgesandten der Haustiere ob ihrer Naivität weidlich aus und erklärten, dass dieses

Versprechen nur für die Zeit der Not Geltung gehabt habe. Sie dächten gar nicht daran, ihre bevorzugte Stellung im Tierreich aufzugeben. »Übrigens«, so erklärten die Raubtiere zum Schluss, »wenn wir Hunger haben, werden wir euch, wie vor dem Krieg, wieder auffressen!«

Und so geschah es auch.

Der Ziegenbock

(Leo Tolstoi)

Auf dem Feld stand ein Zaunpfahl mit einem Hundekopf. Obenauf saß ein fetter Käfer mit einem Geweih mitten auf der Stirn. Ein Ziegenbock kam des Wegs, sah den Zaunpfahl und nahm Anlauf, als wenn dem Zaun nicht ein Kopf reichen würde. Der Zaunpfahl stöhnte und die Hörner des Ziegenbocks flogen ab. »Na, na«, sagte der Käfer, »mit einem Horn ist es hilfreicher, komm leb bei mir.« Der Ziegenbock versuchte auf den Hundekopf zu gelangen. Er zerkratzte sich dabei nur die Schnauze. »Du kannst ja nicht mal klettern«, sagte der Käfer, breitete seine Flügel aus und flog davon. Der Ziegenbock versuchte ihm zu folgen und spieß sich am Zaun auf. Am Zaun kamen Frauen vorbei, sie wollten Wäsche spülen. Sie holten den Ziegenbock vom Zaun und durchwalkten ihn. Der Ziegenbock kehrte braun und blau geschlagen, ohne Hörner und mit einem zerschundenen Maul nach Hause zurück. Er ging und schwieg. Spott gab es genug.

Wie die Tiere überhaupt regieren würden

(Johann Heinrich Pestalozzi)

»Wenn wir jetzt auch Menschen wären und wie sie die Erde regieren könnten, was würden wir auch tun?« Also sagte ein Affe zu einer Tierschar.

Der Löwe antwortete: »Ich würde tun, was mich gelüstete und es dann darauf ankommen lassen, was daraus entstünde.«

Der Esel sagte: »Ich würde in eine Schule gehen, und was ich darinnen lernen würde, das müssten mir Menschen und Tiere dann alle auch lernen und betreiben.«

Das Schwein sagte: »Ich würde die ganze Erde mit Eicheln besäen und dafür sorgen, dass die gemästeten Tiere allenthalben Pfützen fänden, sich darin zu erquicken.«

Der Hund sagte: »Ich würde, denke ich, auch dann ein Hund bleiben und also dem dienen, der mich fütterte und streichelte, und den anbellen, auf den er mich hetzte.«

Der Stier sagte: »Ich würde eine große Ratsstube erbauen. Alles müsste mir offen verhandelt werden und Recht sein, was die Mehrheit wollte.«

Der Fuchs sagte: »Die Stierordnung würde mir recht sein, aber ich würde mich hinter den Ratsbänken hindurch in ein Geheimnest unter den Thron schleichen und dann da freilich nicht für die Stierrecht, sondern für meine Fuchsgelüste arbeiten.«

Die Schlange sagte, sie wolle der Tiere Teufel sein und sie durch Entsetzen zu allem dem hinführen, was ihre weisen Obertiere von ihnen fordern würden.

Der Rehbock fand den Antrag der Schlange abscheulich und trug seinerseits an, die Tiere von des großen Jupiters wegen und mit lauter Liebe zu eben diesem Endzwecke hinzuführen.

Der Affe sagte: »Manchmal denke ich, ich wollte alle Tiere tun lassen, was sie gelüstete, und Freude haben am Spiel ihrer Freiheit, manchmal jedoch, ich wollte mich auf einen Thron setzen, der wie die Sonne glänzte, und alle Tiere der Erde müssten mir mit dem Schilde meiner Herrschaft auf eine Weise bezeichnet sein, dass man sie daran auf tausend Schritte hin als Untertanen meiner Hoheit und Herrschaft erkennen würde.«

Der Elefant wollte lange seine Meinung nicht sagen, da aber vom Löwen an bis zum Esel hinunter alles in ihn drang, sagte er: »Wenn ich regieren müsste, so würde ich glauben, nur insoweit gut zu regieren, als ich verhüten könnte, dass von allem dem, was ihr in diesem Falle tun würdet, gar nichts geschähe.

Ich würde also trachten, dass König Löwe gar nicht tun dürfte, was ihn gelüstete.

Ich würde dem Ratsherrn Esel bedeuten, die Eseleien seiner Schuljahre für sich selbst zu behalten und sie gar nicht zu Normalformen der allgemeinen Bildung des Viehreichs zu machen.

Ich würde dem Gemeinmann Schwein sagen, dass Menschen und Vieh nicht allein von Eicheln leben und dass die Pfützenordnung, die ihm so lieb sei, und seine wilden Borsten eigentlich nicht schlechter mache als sie schon seien, den meisten andern Tieren ihr Fell verderben würde.

Dem Allerweltsknecht Hund würde ich erklären, dass er kurzum nicht mehr Hund sein oder nicht regieren müsse.

Dem Innungsmeister Stier würde ich sagen, dass bei einem Rat, bei welchem ein Stier präsidiere, der Stier selber auf seinem Präsidentenstuhl von den Füchsen unter dem Thron einem Metzger verkauft werden könnte.

Dem Geheimrat Fuchs würde ich seine Höhle unter dem Thron mit einer Glastür beleuchten und ihm alle Schleichwege hinter den Ratsbänken verrammeln.

Dem infamen Affen würde ich das Viehmäßige, beides, seiner Freiheits- und seiner Regierungsgelüste mit der Knute auf seinem Hintern austreiben.

Die satanische Schlange würde ich fangen und würgen, wo ich sie fände.

Der geweihten Einfalt des Rehbocks würde ich die Schädel aller wilden Tiere an seine Hörner aufhängen, damit er sich anatomisch und physiognomisch überzeugen lerne, wie groß die Torheit sei, Menschenwahrheit und Menschenrecht in Löwenschädel, in Stierköpfe, in Hundsbäuche und in Schlangenhäute hineinpredigen zu wollen.«

Der ganze Tierkreis schnitt lange Gesichter, aber er schwieg. Nur der Löwe antwortete: »Ich weiß es schon lange, dass du den Adel aller Bluttiere verachtest und dich allein den schwachen, aber hinterlistigen Feinden unseres Geschlechts, den Menschen, gleich glaubst.«

Der Elefant versetzte: »Von mir sagte ich nichts, aber was ich über euch urteilte, das ist Wahrheit. Ihr seid alle an Hirn und Herz nicht so beschaffen, dass es gut gehen könnte, wenn ihr regieren würdet; den Fall ausgenommen, wenn ihr mit Gewalt gehindert würdet, nach eurem Herzen und nach eurem Kopfe zu regieren.«

»Aber das würden wir in keinem Falle leiden«, schrie jetzt der ganze Tierkreis, und der Elefant antwortete: »Ebenso schreien auch unter den Menschen alle die, die euch gleichen, wenn Recht und Gesetze sie hindern wollen, gewalttätig, hinterlistig, niederträchtig, dumm, herzlos und affensüchtig, das heißt so zu regieren, wie ihr es allenfalls auch könntet, wie ich es aber in keinem Fall möchte.«

Das Eichhörnchen in Diensten

(Iwan Andrejewitsch Krylow)

Bei einem Löwen stand
Ein Eichhörnchen im Dienst, ich weiß nicht recht als was –
Genug, der Leu Gefallen an ihm fand,
Und einem Leu gefallen ist kein Spaß.
Versprochen war als Sold ein Fuder Nüsse,
Versprochen, sag ich, doch die Zeit verflog;
Mein Eichhörnchen fühlt oft des Hungers Bisse
Und knirscht und weint, dass man es so betrog.
Es sieht im nahen Walde seine Brüder,
Ihm pocht die Brust;
Sie hüpfen hurtig hin und wieder
Und knacken Nüsse sich nach Herzenslust.
Zum Haselbusch hätt es nur einen Sprung,
Doch darf es hin? Mitnichten!
Denn stets gibt es Verhinderung,
Man ruft, man drängt es zu des Dienstes Pflichten!
Das Eichhörnchen wird endlich alt,
Der Leu ist seiner überdrüssig
Und gibt den Abschied ihm gar kalt
Als überflüssig.
Jetzt freilich schickt man ihm das Fuder Nüsse,
Auch sind die Nüsse auserlesner Art,
Sind von Geschmacke zart
Und von besondrer Süße –
Eins ist nur schlimm, ich muss es noch erwähnen,
Es fehlt dem Eichhörnchen schon längst an Zähnen.

Das Lamm und der Wolf

(Aesop)

Ein Lämmchen löschte an einem Bach seinen Durst. Fern von ihm, aber näher der Quelle, tat ein Wolf das gleiche. Kaum erblickte er das Lämmchen, so schrie er: »Warum trübst du mir das Wasser, das ich trinken will?«

»Wie wäre das möglich«, erwiderte schüchtern das Lämmchen, »ich stehe hier unten und du so weit oben. Das Wasser fließt ja von dir zu mir. Glaube mir, es kam mir nie in den Sinn, dir etwas Böses zu tun!« – »Ei, sieh doch! Du machst es gerade, wie dein Vater vor sechs Monaten. Ich erinnere mich noch sehr wohl, dass auch du dabei warst, aber glücklich entkamst, als ich ihm für sein Schmähen das Fell abzog!«

»Ach, Herr«, flehte das zitternde Lämmchen, »ich bin ja erst vier Wochen alt und kannte meinen Vater gar nicht, so lange ist er schon tot. Wie soll ich denn für ihn büßen.« – »Du Unverschämter«, so endigt der Wolf mit erheuchelter Wut, indem er die Zähne fletschte. »Tot oder nicht tot, weiß ich doch, dass euer ganzes Geschlecht mich hasst, und dafür muss ich mich rächen.«

Ohne weitere Umstände zu machen, zerriss er das Lämmchen und verschlang es.

Das Gewissen regt sich selbst bei dem größten Bösewicht. Er sucht doch nach Vorwand, um dasselbe damit bei Begehung seiner Schlechtigkeiten zu beschwichtigen.

Der Wolf und das Schaf

(Gotthold Ephraim Lessing)

Der Durst trieb ein Schaf an den Fluss, eine gleiche Ursache führte auf der anderen Seite einen Wolf herzu. Durch die Trennung des Wassers gesichert und durch die Sicherheit höhnisch gemacht, rief das Schaf dem Räuber hinüber: »Ich mache dir doch das Wasser nicht trübe, Herr Wolf? Sieh mich recht an, habe ich dir nicht etwa vor sechs Wochen nachgeschimpft? Wenigstens wird es mein Vater gewesen sein.« Der Wolf verstand die Spötterei. Er betrachtete die Breite des Flusses und knirschte mit den Zähnen. »Es ist dein Glück«, antwortete er, »dass wir Wölfe gewohnt sind, mit euch Schafen Geduld zu haben«, und ging mit stolzen Schritten weiter.

Doppelte Moral

(Felix Fechenbach)

Ein Wolf war in eine tiefe Grube gefallen. Er glaubte nichts anderes, als dass er elendiglich umkommen müsse. Da kam in der höchsten Not eine Herde Schafe vorbei.

Der Wolf bat in den kläglichsten Tönen um Hilfe, und da er die Sittenstrenge und Frömmigkeit der Schafe kannte, hielt er ihnen vor, wie ungerecht es wäre, ein Leben verderben zu lassen, das man retten könne. Endlich erklärte er, wenn sie ihm aus der Grube helfen würden, dann verspreche er ihnen bei allem, was einem Wolf heilig sei, nie mehr in seinem Leben ein Schaf zu fressen.

Durch dieses Versprechen ließen sich die Schafe betören und halfen dem Wolf aus der Grube. Kaum war Meister Isegrim aber aus seinem Gefängnis befreit, da stürzte er auch schon trotz Versprechen und Schwur unter die Herde und griff sich ein junges Schaf heraus. Die Übrigen suchten so rasch sie konnten dem wortbrüchigen Räuber zu entfliehen.

Das arme Opfer der Leichtgläubigkeit zitterte am ganzen Körper vor Angst und bat um sein Leben. Doch der Wolf blieb ungerührt. In seiner Verzweiflung nahm das junge Schaf Zuflucht zu den Sittenlehren, in denen es von einem alten Hammel unterrichtet worden war. »Weißt du nicht«, fragte es mit bebender Stimme, »dass es ein schwerer Frevel ist, ein Leben zu vernichten?«

»Nach dem Sittengesetz der Schafe«, war die spöttische Antwort. – »In der Grube hast du dich doch selbst auf dies Gesetz berufen und uns Freundschaft geschworen.« – »Da war ich auch in der Not und brauchte eure Hilfe.« – »Aber und kannst doch unmöglich zur Zeit der Not eine andere Moral haben als dann, wenn es dir gutgeht, und nicht einen Vertrag jetzt beschwören, um ihn in der nächsten Minute zu brechen.«

Der Schafdieb grinste zynisch: »Von einem Wolf darfst du nicht verlangen, dass er nach den Grundsätzen der Schafe leben soll.« – »Es muss aber doch ein Sittengesetz geben, von dem auch die Handlungen eines Wolfes geleitet werden«, ächzte das verzweifelte Schaf. – »Was ich tun darf und unterlassen muss wird nur von meiner Stärke und Bewegungsfreiheit bestimmt.« – »Das ist ja eine entsetzliche Moral!« – »Entsetzlich für Schafe«, sagte der blutgierige Räuber, »aber nicht für Wölfe!«

Und damit zerriss er das moralische Schaf und fraß es auf.

Aus dem bunten Leben

Die Leuchtwürmchen

(Gottfried Keller)

Zur Zeit der Abenddämmerung saßen drei oder vier Leuchtwürmchen in einer Wiese unter den Kräutern und Blumen, und man sah, wie sie geheimnisvoll die Köpfe zusammensteckten, emsig hin und her krochen und sich eifrig besprachen, so dass man glauben musste, es sei etwas sehr Wichtiges im Werke.

Als nun die Nacht auf die Felder und Fluren herniedersank und die Sterne am Himmel erglänzten, da erklommen sie einen hohen Grashalm und sprachen zu den Sternen: »Ihr lieben Sternlein! Ihr müsst gewiss sehr müde sein von eurem allnächtlichen Wachen, drum geht einmal ohne Sorgen schlafen, wir wollen indes die Erde für euch beleuchten!« Die Sternlein lächelten einander an und verbargen sich zum Spaße hinter kleine Wolken. Die Leuchtwürmchen aber glänzten die ganze Nacht hindurch aus allen Leibeskräften, und am Morgen meinten die guten Tierlein, sie hätten die Erde erleuchtet.

Der Fuchs und die Trauben (I)

(Karl Wilhelm Ramler)

Ein Fuchs, der auf die Beute ging,
Fand einen Weinstock, der voll schwerer Trauben
an einer hohen Mauer hing.
Sie schienen ihm ein köstlich Ding,
allein beschwerlich abzuklauben.
Er schlich umher, den nächsten Zugang auszuspähn.
Umsonst! Kein Sprung war abzusehn.
Sich selbst nicht vor dem Trupp der Vögel zu beschämen,
Der auf den Bäumen saß, kehrt er sich um und spricht
Und zieht dabei verächtlich das Gesicht:
»Was soll ich mir viel Mühe geben?
Sie sind ja herb und taugen nicht.«

Der Fuchs und die Trauben (II)

(Hermann Harry Schmitz)

»Na, ich konnte mir auch denken, dass die Trauben noch nicht reif waren«, sagte der Fuchs und stellte den Stuhl, auf welchen er gestiegen war, um die Trauben zu kosten, wieder an seinen Platz. Er streckte sich behaglich am Fuße des Weinstockes aus und ließ sich die Sonne auf den Pelz brennen.

Von ungefähr kam der Rabe geflogen. Der Rabe war ein Witzbold, ein wenig Satiriker. Die Tiere meinten, er sei boshaft. Er selbst hielt sich für einen Lebenskünstler, er war stets im Evening Dress.

»Hallo, wie schaut's, alter Freund«, – Leute, die man nicht mag, nennt man gern alter Freund – rief er dem Fuchs zu. »'n Tag«, erwiderte lässig der Fuchs. »Ah so, Traubenkur, was?« – »Zu sauer«, gähnte der Fuchs faul. – »Verstehe, verstehe«, kicherte hämisch der Rabe, flog an den Weinstock und pickte eine dicke Beere ab.

»Pfui Teufel!« Wütend spuckte er aus und flog beschämt davon.

Der Fuchs feixte befriedigt.

Was die Äffchen sagen

(südamerikanisch)

Die Schwarzmäuler schlafen, dicht aneinandergekauert, auf den Blättern der Yauary-Palme. In Gewitter- und Regennächten wimmern und schreien die Jungen vor Kälte. So geht es auch den Mutteraffen. Die Väter sagen dann: »Morgen machen wir unser Haus.« Ein anderer antwortet: »Ja, morgen.«

Wenn es wieder Morgen wird, sagen sie: »Wollen wir unser Haus bauen?« Der eine antwortet: »Ich will erst noch ein bisschen essen.« Andere antworten: »Ich auch.« Andere sagen: »Ich auch.« Alle gehen fort und denken nicht mehr daran, das Haus zu bauen.

Wenn sie aber beim Schlafen sind, und der Regen kehrt wieder, dann denken sie daran und sagen: »Wir müssen unser Haus bauen.« Eines Tages werden sie Häuser bauen.

So machen es auch die Menschen.

Der verschwenderische Jüngling und die Schwalbe

(Aesop)

Es war einmal ein Jüngling, der hatte sein ganzes Hab und Gut verwendet und verschwendet und dazu noch das Erbe seines Vaters. Geblieben war ihm allein ein Mantel.

Da sah er eines Tages eine Schwalbe am Himmel ihre Bahnen ziehen. Es ist schon Frühling und wird bald Sommer, dachte da der Jüngling, was brauche ich da warme Kleidung! Und so versetzte er auch noch seinen Mantel.

Kurz darauf kam der Winter mit Macht zurück, und alles fror noch einmal. Auch dem Jüngling war bitterkalt. Wie er so ging und zitterte, sah er unsere Schwalbe erfroren auf dem Feld liegen. Da trat er wütend zu ihr und spottete: »Du Arme, hast nicht nur dich umgebracht, sondern bald auch mich!«

Eine Schwalbe macht noch keinen Sommer.

Der Goldfasan

(Gottlieb Konrad Pfeffel)

Es war einst eine Hungersnot
Im Tierreich, alles schrie nach Brot,
Die Vögel fielen aus der Luft,
Wie Mücken in die weite Gruft.

Ein Goldfasan schlich matt und schwer
Und ächzend durch den Hain umher;
Ihm sah ein Specht von ferne zu
Und sagte: »Freund, was ächzest du?

An deiner Stelle hätt ich bald
Den fettsten Tisch im ganzen Wald;
Verkaufe nur dein reiches Kleid,
So hast du Brot auf lange Zeit.«

Dem Goldfasan gefiel der Rat,
Er setzte seinen ganzen Staat
Bei einem alten Hamster ab,
Der ihm zwo Metzen Korn drum gab.

Nun pflegt er sich bei Fürstenkost;
Doch plötzlich fiel ein Winterfrost,
Und plötzlich war der arme Narr
Am nackten Leibe blau und starr.

»O weh mir!«, sprach er nun zum Specht,
»Mein guter Freund, dein Rat war schlecht;
Ich weiß, man stirbt aus Hungersnot,
Doch wer erfriert, ist gleichfalls tot.«

Die wilden Schweine

(Magnus Gottfried Lichtwer)

Ein ungeheures wildes Schwein,
Das oft die Winzer rasend machte,
Ging auf den Raub, und brach bei Nachte
In einen reichen Weinberg ein.
Es ward der Berg durchwühlt, da ging in einer Stunde
Der Schweiß des ganzen Jahrs zu Grunde.
Der Eber fand hierauf für gut
Sich weiter umzusehn. Seht, was der Zufall tut,
Des Winzers Hütte stehet offen,
Der Winzer selber schlief besoffen,
Ein neues Glück für ihn. Der Trunk schmeckt auf die Kost.
Der Eber fand ein Fass voll Most,
Er tunkt den Rüssel ein, oh, das sind Göttersäfte,
Hilf, Bacchus hilf, wie schlürft das Schwein,
Und schluckt das Öl der Trauben ein,
Schluckt, und versäuft Gehirn und Kräfte.
Es taumelt hin und her, fällt zu der Tür hinaus,
Kommt wieder in den Wald, stößt sich an alle Bäume,
Es stolpert, grunzt und schnaubt, und tut, als ob es träume.
Es hört's sein Weib, die Sau, und lässt ihr sumpficht Haus,
Die ganze Freundschaft folgt; das Schwein wühlt in der Erde,
Haut nach der Mutter und dem Sohn.
Flieht, Kinder, sprach die Sau, eh eins beschädigt werde.
Die Schweine folgten ihr und flohn.
Der Trunkenbold fiel ohne Sorgen
In Schlamm, und schlief bis an den Morgen,
Vom Morgen bis den Mittag drauf;
Da stand er ganz gelassen auf,
Und wollte, wie zuvor, sich seiner Freundschaft nahen:
Da kommt das tolle Schwein, schrie die erschrockne Schar,
Sie flohn das gute Schwein, ob es schon nüchtern war,
Sobald sie es von weitem sahen.

Ihr dummen Eber, ihr, wie, dass ihr euch nicht schämt?
Oh, wenn ihr unter Menschen kämt,
Ihr würdet, ohne weit zu gehen,
Dergleichen Tolle häufig sehen.

Zwei Frösche

(Aesop)

In einem außerordentlich heißen Sommer war ein tiefer Sumpf ausgetrocknet und die Frösche, die bisherigen Bewohner desselben, mussten sich nach einem andern Wohnort umsehen.

Zwei der Frösche kamen auf ihrer Wanderschaft zu einem tiefen Brunnen, worin es noch Wasser gab. »Ei! Sieh da«, rief der eine. »Warum wollen wir weitergehen? Lass uns hier hinunterhüpfen!«

»Halt«, antwortete der andere, »das Hinunterkommen ist zwar ganz leicht, aber wenn auch der Brunnen eintrocknet, wie willst du dann wieder herauskommen?«

Was dir heute nutzt, das kann dir morgen schaden, darum denke nach, bevor du handelst.

Der Uhu und die Lerche

(Magnus Gottfried Lichtwer)

Es saß ein Uhu lange Zeit
Im Schatten einer hohlen Eiche,
Der höchsten in dem deutschen Reiche,
In einer öden Traurigkeit.

Hoch über ihm ließ sorgenfrei
Sich eine muntre Lerche hören,
Und meldete der Sänger Chören,
Dass jetzt der Frühling nahe sei.
Ihr Lied dringt aus den heitern Lüften
Ins grüne Tal, belebt die Triften.
Der Uhu horcht, und ächzt dabei,
Dass er nicht auch so fröhlich sei.

Die Ungeduld ermuntert ihn,
Sich aus dem Neste zu bemühen;
Die feige Lerche wollt' entfliehen,
Sie wollt' es noch, als er erschien.
Doch war der armen Lerche bange
So dauerte die Angst nicht lange,
Als sie zu ihrem Trost vernahm,
Dass er in Friede zu ihr kam.

Es schien dem Uhu zweifelsfrei
Das Lerchenfleisch noch nichts zu taugen,
Er schwur bei seinen großen Augen,
Dass er für jetzt nicht hungrig sei.
»Die Neugier«, sprach er, »dich zu fragen,
Hat mich an diesen Ort getragen.
Bekenne, was die Ursach' ist,
Dass du beständig fröhlich bist?«

»Monarch der Eulen«, sagte sie,
»Wer stets gesunde Tage zählet,
Und fliegen kann, wohin er wählet,
Wie kann der trauern?« – »Fragst du, wie?«,
Fiel ihr der Uhu in die Rede,
»Du scheinst ja sonst mir ziemlich blöde,
Gedenkst du niemals an den Tod,
Noch was dir Herbst und Winter droht?«

»Ich denke«, sprach sie, »wohl daran,
Allein der Tod ist unvermeidlich,
Die Herbst- und Winternot oft leidlich,
Und jetzt geht ja der Frühling an.
Ich leb' indessen nach der Lehre,
Die ich von jenem Schäfer höre,
Der dort im Grünen vor uns liegt,
Ein Weiser sei nie missvergnügt.«

»Geh' nur, du kleine Närrin du«,
Fiel der Bescheid aus, »das sind Lehren,
Die für die Lerchen nur gehören.«
Die Lerche flog dem Schäfer zu,
Und sang ganz heimlich auf der Reise:
»Wer fröhlich sein will, der sei weise.«

Merkt, Freunde, was die Lerche spricht,
Und kehrt euch an die Uhus nicht.

Die Lerche und ihre Jungen

(August Friedrich Ernst Langbein)

Hoch wallte das goldene Weizenfeld
Und baute der Lerche ein Wohngezelt.
Sie flog einst in Geschäften aus
Und kam erst am Abend wieder nach Haus.

Da rief der Kindlein zitternde Schar:
»Ach, Mutter, wir schweben in großer Gefahr.
Der Herr dieses Feldes, der furchtbare Mann,
Ging heut mit dem Sohn hier vorbei und begann:

›Der Weizen ist reif, die Mahd muss geschehn.
Geh, bitte die Nachbarn, ihn morgen zu mähn.‹«
»Oh« sagte die Lerche, »dann ist es noch Zeit;
Nicht flugs sind die Nachbarn zu Diensten bereit.«

Drauf flog sie des folgenden Tages aus
Und kam erst wieder am Abend nach Haus.
Da rief der Kindlein zitternde Schar:
»Ach, Mutter, wir schweben in neuer Gefahr!

Der Herr dieses Feldes, der furchtbare Mann,
Ging heut mit dem Sohn hier vorbei und begann:
›Uns ließen die treulosen Nachbarn im Stich.
Geh rings nun zu unsern Verwandten und sprich:

Wollt ihr meinen Vater recht wohlgemut sehn,
So helfet ihm morgen sein Weizenfeld mähn.‹«
»Oh« sagte die Lerche, »dann ist es noch Zeit;
Nicht flugs ist die Sippschaft zur Hilfe bereit.«

Drauf flog sie des folgenden Tages aus
Und kam erst am Abend wieder nach Haus.
Da rief der Kindlein zitternde Schar:
»Ach, Mutter, wir schweben in höchster Gefahr!

Der Herr dieses Feldes, der furchtbare Mann,
Ging heut mit dem Sohn hier vorbei und begann:
›Uns ließen auch unsre Verwandten im Stich;
Ich rechne nun einzig auf dich und mich.

Wir wollen, wenn morgen die Hähne krähn,
Selbander uns rüsten, den Weizen zu mähn.‹«
»Ja«, sagte die Lerche, »nun ist's an der Zeit;
Macht schnell euch, ihr Kinder, zum Abzug bereit!

Wer Nachbarn und Vettern die Arbeit vertraut,
Dem wird nur ein Schloss in die Luft hingebaut;
Doch unter dem Streben der eigenen Hand
Erblüht ihm des Werkes vollendeter Stand.«

Die Lerche entfloh mit den Kleinen geschwind,
Und über die Stoppeln ging tags drauf der Wind.

Was ich selber tu, trau ich andern zu

(Felix Fechenbach)

Die Nachtigall saß in einem Garten und sang ihr Lied den Menschen zur Freude. Da kam die Elster und wollte wissen, warum die Nachtigall singe.

»Weil ich die Menschen damit erfreue«, sagte die kleine Sängerin. »Und warum willst du sie erfreuen?«, forschte die Elster weiter. »Weil es gut ist, anderen Freude zu machen.« – »Aber warum tust du das Gute?« – »Um des Guten willen«, war die einfache Antwort der arglosen Nachtigall.

Da lachte die Elster höhnisch auf. »Um des Guten willen«, äffte sie krächzend nach. »Um des Goldes willen singst du den Menschen. Bestochen bist du, bestochen mit dem Golde der Menschen!« Die Nachtigall würdigte die Verleumderin keiner Antwort und wandte ihr nur verächtlich den Rücken.

Die geschwätzige Elster aber eilte, ihren Schwerstern die große Neuigkeit zu erzählen, dass sich die Nachtigall von den Menschen habe bestechen lassen. Und weil die Elstern und alle, die ihnen verwandt sind, nichts ohne eigenen Vorteil unternehmen, so konnten sie sich in ihrer gemeinen Denkungsart auch gar nicht vorstellen, dass es einen Vogel gebe, der aus anderen als eigennützigen Motiven handle.

Sie hielten es deshalb für ausgemacht, dass die Nachtigall von den Menschen bestochen sein müsse; und sie verbreiteten diese Mär unter allen Vögeln.

Die Nachtigall aber ließ die Elstern schwätzen und sang ihr Lied den Menschen zur Freude.

Der alte Bär auf der Tanne

(Johann Heinrich Pestalozzi)

»Nun, wann willst du uns einst ins Honigland führen?«, sagte eine Schar junger Bären zu einem alten. Dieser erwiderte: »Das will ich gleich tun, aber vorher sollt ihr noch sehen und erkennen, was ich für ein Bär bin. Seht diese Tanne! So weit sie geschunden ist, haben sie vorher schon andere Bären erklommen, ich aber will ihren obersten Gipfel erklimmen.« Also sprach er und kletterte die hohe Tanne hinan. So weit sie geschunden war, ging es wie nichts, aber da er höher kam, schwankte der Baum mit jedem Schritte mehr auf beide Seiten.

Doch, er strengte sich an und klammerte die wunden Tatzen in den schwankenden Baum. So ging es langsam, doch eine Weile immer höher hinan. Aber jetzt wehte der Sturm. Der Bär bohrt seine blutenden Klauen mit äußerster Kraft in den schwankenden Baum. Also überlebt er den Sturm, aber seine Kraft ist dahin, er kann die eingebohrten Klauen nicht mehr aus dem erklimmten Holz herausbringen. Er fühlt, dass sein Leben dahin ist, und ruft von seiner Höhe hinab den jammernden Jungen: »Meine große Tat ist mein Tod. Ich führe euch nicht ins Honigland, aber das seht ihr und das könnt ihr zeugen, dass ich auf dieser Tanne als der allerhöchste Bär bin.«

Ich hätte nicht geglaubt, dass alte Bären solche großen menschlichen Schwachheiten haben könnten, aber ein wildes, ohne Unglück überstandenes Kraft- und Gewaltleben führt, scheint es, auch alte Bären in ihren letzten Tagen zu Narrheiten, die denen gleich sind, deren sich oft alte Menschen schuldig machen, welche durch ihr Leben mehr scheinen wollten, als sie wirklich waren.

Die beiden Bären

(Christian August Fischer)

Zwei Bären begegneten einander. »Lass uns zusammen jagen«, sagte der eine, und es wurde angenommen. Sie gingen lange, ohne etwas zu finden. Endlich wurde beschlossen, der eine sollte auf einen Baum steigen, um ein Wildbret zu entdecken, der andere indessen Schildwache stehen.

»Was sehe ich?«, schrie jener, als er auf dem Gipfel des Baumes war: »Mein Gefährte hat sich in eine Ratte verwandelt!« – »Was ist dir?«, rief dieser am Fuße des Baumes: »Du bist ja zu einem Vogel geworden!« Indem brach ein Ast, jener stürzte vom Baume herunter, und sie erkannten mit Erstaunen ihren gegenseitigen Irrtum.

Du stehst auf dem Gipfel der Größe, du siehst auf mich an der untersten Stufe mit Verachtung herab. Ich bin ein Zwerg in deinen Augen, und du erscheinst mir wie eine Motte.

Der alte Sperling

(Novalis)

»Schämt ihr euch nicht«, rief ein alter Sperling seinen Jungen zu, die mit munteren Weibchen tändelten und kosten, »fühlt ihr nicht, dass dieses unanständig und erniedrigend ist? Ihr verschmäht die Weisheit, die unsere Seele zu den Unsterblichen hebt.«

»Bleib du bei deiner Weisheit«, riefen ihm die losen Jungen zu, »und lass uns jetzt genießen. Wenn wir so alt sind wie du, so wollen wir auch aus Unvermögen uns zur Weisheit begeben und über Liebe und Freuden philosophieren.«

Die durstige Krähe

(Heinrich Steinhöwel)

Eine durstige Krähe fand einen Wasserkrug, doch war nur so wenig Wasser darin, dass sie es mit ihrem Schnabel nicht zu erreichen vermochte. Sie versuchte, den Krug umzuwerfen, aber dazu war sie zu schwach. Da suchte sie nach einer List, wie sie es dahin brächte, dass sie dennoch aus dem Krug trinken könnte. Zuletzt nahm sie kleine Steinchen und warf deren so viele in den Krug, dass das Wasser immer höher emporstieg, bis sie es endlich erreichen und ihren Durst löschen konnte.

Die Grille

(Klabund)

Eine Grille, namens Helene, zirpte vom 1. Juni bis 31. Juli (einundsechzig Tage) ununterbrochen, bis ihr der Stoff ausging. Darauf setzte sie sich ihren Kapotthut auf, hängte sich ihre altmodische Markttasche um und begab sich eiligst in die nächstgelegene Klein- bzw. Mittelstadt.

Sie trat in ein Posamenteriewarengeschäft und sprach: »Ich möchte siebentausend Meter Stoff.« Der gelbhaarige Kommis errötete bis in die Haarspitzen und klappte sein Mundwerk wie eine Unke verwundert auf und zu: »Wie bitte?« Bereitwillig wiederholte die Grille: »Ich möchte siebentausend Meter Stoff.« Der Kommis schwänzelte: »Sieben-tausend Me-ter Stoff! Zu Diensten, gnädige Frau. Wir werden das Gewünschte durch einen Grossisten besorgen lassen. Darf ich fragen, welchen Stoff Sie benötigen?«

»Siebentausend Meter Stoff«, sagte die Grille und bekam vor Aufregung einen grünen Kopf. Der Kommis knabberte erregt an seinen Fingernägeln. »Gnädige Frau«, flötete er, »darf ich fragen, von welchem Stoff?« – »Siebentausend Meter Stoff«, sagte die Grille. Der Kommis wippte wie eine Spitzentänzerin auf seinen Zehen: »Gnädige Frau, von welcher Art darf der Stoff sein: Seide? Voile? Leinen? Samt? Barchent? Wolle? Crêpe de Chine?«

»Stoff«, sagte die Grille. Der Schweiß stand ihr auf der Stirn. Sie fiel schwer ächzend in einen Lehnstuhl. Ihr Kleid knackte in allen Nähten. Veitstänzerisch schwankte der Kommis. Sein Ruf klang hilfeheischend wie der Schrei des Nebelhornes in dunkler Nacht.

»Was für ein Stoff, gnädige Frau?« – »Stoff«, sagte die Grille, »einfach Stoff.« Der Kommis bullerte: »Wozu benötigen Sie den Stoff, gnädige Frau?« Die Grille raunzte ärgerlich: »Wozu? Frage? Zum Zirpen natürlich ...«

»Zum – Zirpen –?« Der Kommis platzte wie ein aufgeblasener Frosch. Das gab Stoff – für die Reporter – siebentausend Zeilen.

Die Grille ging leer aus.

Die Stachelschweine

(Arthur Schopenhauer)

Eine Gesellschaft Stachelschweine drängte sich an einem kalten Wintertage recht nah zusammen, um sich durch die gegenseitige Wärme vor dem Erfrieren zu schützen. Jedoch bald empfanden sie die gegenseitigen Stacheln, welches sie dann wieder voneinander entfernte. Wann nun das Bedürfnis der Erwärmung sie wieder näher zusammenbrachte, wiederholte sich jenes zweite Übel, so dass sie zwischen beiden Leiden hin und her geworfen wurden, bis sie eine mäßige Entfernung voneinander herausgefunden hatten, in der sie es am besten aushalten konnten.

So treibt das Bedürfnis der Gesellschaft, aus der Leere und Monotonie des eigenen Innern entsprungen, die Menschen zueinander; aber ihre vielen widerwärtigen Eigenschaften und unerträglichen Fehler stoßen sie wieder voneinander ab. Die mittlere Entfernung, die sie endlich herausfinden und bei welcher ein Beisammensein bestehen kann, ist die Höflichkeit und feine Sitte. Dem, der sich nicht in dieser Entfernung hält, ruft man in England zu: Keep your distance! Vermöge derselben wird zwar das Bedürfnis gegenseitiger Erwärmung nur unvollkommen befriedigt, dafür aber der Stich der Stacheln nicht empfunden.

Wer jedoch viel eigene, innere Wärme hat, bleibt lieber aus der Gesellschaft weg, um keine Beschwerde zu geben, noch zu empfangen.

Der Hase und die Frösche

(Jean de La Fontaine)

Ein Hase saß in seinem Lager und grübelte.

»Wer furchtsam ist«, dachte er, »ist eigentlich unglücklich dran! Nichts kann er in Frieden genießen, niemals hat er ein ungestörtes Vergnügen, immer gibt es neue Aufregung für ihn. Ich schlafe vor Angst schon mit offenen Augen. Das muss anders werden, sagt mir der Verstand. Aber wie?«

So überlegte er. Dabei war er aber immerwährend auf der Hut, denn er war nun einmal misstrauisch und ängstlich. Ein Geräusch, ein Schatten, ein Nichts – alles erschreckte ihn schon.

Plötzlich hörte er ein leichtes Säuseln. Sofort sprang er auf und rannte davon. Er hetzte bis an das Ufer eines Teiches. Da sprangen die aufgescheuchten Frösche alle ins Wasser. »Oh«, sagte der Hase, »sie fürchten sich vor mir! Da gibt es also Tiere, die vor mir, dem Hasen, zittern! Was bin ich für ein Held!«

Da kann einer noch so feige sein, er findet immer einen, der ein noch größerer Feigling ist.

Der Wandersmann und der Kolibri

(Magnus Gottfried Lichtwer)

Ein Mensch, der sich die Welt nie überdrüssig sah,
Der hinter Nubien, zu London und Surate,
In Lappland, Tripoli und Japan Brüder hatte,
Kam endlich nach Amerika.
Dergleichen lange Fahrt pflegt Schiffer abzumatten,
Er warf sich unter einen Baum,
Um unter dessen kühlen Schatten
Ein wenig auszuruhn; allein er schlummert kaum,
Als ihn ein stark Geräusch erwecket,
Wovon er keinen Grund entdecket.
Indem er um sich sieht, so fliegt ein Vögelein
Aus dem belaubten Ast, in dessen bunten Flügeln
Sich Gold und Iris Farben spiegeln.
Der Vogel selbst war wunderklein,
Und kaum von Maienkäfers Dicke.
»Kannst du so rauschen, o du Mücke«,
Rief hier der Wandersmann: »Ja«, sprach der Kolibri,
»Hierüber darfst du dich nicht härmen,
Es heißt bei Menschen wie beim Vieh:
Der Kleinste macht den größten Lärmen.«

Wie du mir, so ich dir

Der Fuchs und der Storch

(Jean de La Fontaine)

Eines Tages hatte der Fuchs den Storch zum Mittagessen eingeladen. Es gab nur eine Suppe, die der Fuchs seinem Gast auf einem Teller vorsetzte. Von dem flachen Teller aber konnte der Storch mit seinem langen Schnabel nichts aufnehmen. Der listige Fuchs indessen schlappte alles in einem Augenblick weg.

Der Storch sann auf Rache. Nach einiger Zeit lud er seinerseits den Fuchs zum Essen ein. Der immer hungrige Fuchs sagte freudig zu. Gierig stellte er sich zur abgemachten Stunde ein. Lieblich stieg ihm der Duft des Bratens in die Nase. Der Storch hatte das Fleisch aber in kleine Stücke geschnitten und brachte es auf den Tisch in einem Gefäß mit langem Halse und enger Öffnung. Er selbst konnte mit seinem Schnabel leicht hineinlangen. Aber die Schnauze des Fuchses passte nicht hinein. Er musste hungrig wieder abziehen. Beschämt, mit eingezogenem Schwanz und hängenden Ohren schlich er nach Hause.

Wer betrügt, muss sich auf Strafe gefasst machen.

Die Geschichte des alten Wolfs

(Gotthold Ephraim Lessing)

Der böse Wolf war in die Jahre gekommen und fasste den Entschluss, mit den Schäfern auf einem gütlichen Fuß zu leben. Er machte sich also auf und kam zu dem Schäfer, dessen Herden seiner Höhle die nächsten waren. »Schäfer«, sprach er, »du nennst mich den blutgierigen Räuber, der ich doch wirklich nicht bin. Freilich muss ich mich an deine Schafe halten, wenn mich hungert, denn Hunger tut weh. Schütze mich nur vor dem Hunger, mache mich nur satt, und du sollst mit mir recht wohl zufrieden sein. Denn ich bin wirklich das zahmste, sanftmütigste Tier, wenn ich satt bin.« – »Wenn du satt bist? Das kann wohl sein«, versetzte der Schäfer. »Aber wann bist du denn satt? Du und der Geiz werden es nie! Geh deinen Weg!«

Der abgewiesene Wolf kam zu einem zweiten Schäfer. »Du weißt, Schäfer«, war seine Anrede, »dass ich dir das Jahr durch manches Schaf würgen könnte. Willst du mir jedes Jahr sechs Schafe geben, so bin ich zufrieden. Du kannst dann sicher schlafen und die Hunde ohne Bedenken abschaffen.« – »Sechs Schafe?«, sprach der Schäfer. »Das ist ja eine ganze Herde!« – »Nun, weil du es bist, so will ich mich mit fünfen begnügen«, sagte der Wolf. »Du scherzt, fünf Schafe!« – »Auch nicht viere?«, fragte der Wolf weiter, und der Schäfer schüttelte spöttisch den Kopf. »Drei? Zwei?« – »Nicht ein einziges«, fiel endlich der Bescheid. »Denn es wäre ja wohl töricht, wenn ich mich bei einem Feind verschulde, vor welchem ich mich durch meine Wachsamkeit sichern kann.«

Aller guten Dinge sind drei, dachte der Wolf und kam zu einem dritten Schäfer. »Es geht mir recht nahe«, sprach er, »dass ich unter euch Schäfern als das grausamste, gewissenloseste Tier verschrien bin. Dir will ich jetzt beweisen, wie unrecht man mir tut. Gib mir jährlich ein Schaf, so soll deine Herde in jenem Wald, den niemand unsicher macht als ich, frei und unbeschädigt weiden dürfen. Ein Schaf? Welche Kleinigkeit! Könnte ich großmütiger, könnte ich uneigennütziger handeln? Du lachst, Schäfer? Worüber lachst du denn?«

»O über nichts! Aber wie alt bist du, guter Freund?«, sprach der Schäfer. »Was geht dich mein Alter an? Immer noch alt genug, dir deine liebsten Lämmer zu würgen.« – »Erzürne dich nicht, alter Isegrim! Es tut mir leid, dass du mit deinem Vorschlag einige Jahre zu spät kommst. Deine ausgerissenen Zähne verraten dich. Du spielst den Uneigennützigen, bloß um dich desto gemächlicher, mit desto weniger Gefahr nähren zu können.«

Der Wolf ward ärgerlich, fasste sich aber doch und ging zu dem vierten Schäfer. Diesem war eben sein treuer Hund gestorben, und der Wolf machte sich den Umstand zunutze. »Schäfer«, sprach er, »ich habe mich mit meinen Brüdern im Wald gestritten und so, dass ich mich in Ewigkeit nicht wieder mit ihnen aussöhnen werde. Du weißt, wie viel du von ihnen zu fürchten hast! Wenn du mich aber anstatt deines verstorbenen Hundes in Dienste nehmen willst, so stehe ich dir dafür, dass sie keines deiner Schafe auch nur scheel ansehen sollen.«

»Du willst sie also«, versetzte der Schäfer, »gegen deine Brüder im Walde beschützen?« – »Was meine ich denn sonst? Freilich.« – »Das wäre nicht übel! Aber wenn ich dich nun in meine Herde einnähme, sage mir doch, wer sollte dann meine armen Schafe gegen dich beschützen? Einen Dieb ins Haus nehmen, um vor den Dieben außer dem Hause sicher zu sein, das halten wir Menschen …« – »Ich höre schon«, sagte der Wolf, »du fängst an zu moralisieren. Lebe wohl!«

»Wäre ich nicht so alt«, knirschte der Wolf. »Aber ich muss mich leider in die Zeit schicken.« Und so kam er zu dem fünften Schäfer. »Kennst du mich, Schäfer?«, fragte der Wolf. »Deinesgleichen wenigstens kenne ich«, versetzte der Schäfer. »Meinesgleichen? Daran zweifle ich sehr. Ich bin ein so sonderbarer Wolf, dass ich deiner und aller Schäfer Freundschaft wohl wert bin.« – »Und wie sonderbar bist du denn?« – »Ich könnte kein lebendiges Schaf würgen und fressen, und wenn es mir das Leben kosten sollte. Ich nähre mich bloß mit toten Schafen. Ist das nicht löblich? Erlaube mir also immer, dass ich mich dann und wann bei deiner Herde einfinden und nachfragen darf, ob dir nicht …«

»Spare der Worte«, sagte der Schäfer. »Du müsstest gar keine Schafe fressen, auch nicht einmal tote, wenn ich dein Feind nicht sein sollte. Ein Tier, das mir schon tote Schafe frisst, lernt leicht aus Hunger kranke Schafe für tot und gesunde für krank anzusehen. Mache auf meine Freundschaft also keine Rechnung und geh!«

Ich muss nun schon mein Liebstes daran wenden, um zu meinem Zwecke zu gelangen, dachte der Wolf und kam zu dem sechsten Schäfer. »Schäfer, wie gefällt dir mein Pelz?«, fragte der Wolf. »Dein Pelz?«, sagte der Schäfer. »Lass sehen! Er ist schön, die Hunde müssen dich nicht oft untergehabt haben.« – »Nun, so höre, Schäfer: Ich bin alt und werde es so lange nicht mehr treiben. Füttere mich zu Tode, und ich vermache dir meinen Pelz.« – »Ei, sieh doch!«, sagte der Schäfer. »Kommst du auch hinter die Schliche der alten Geizhälse?

Nein, nein, dein Pelz würde mich am Ende siebenmal mehr kosten, als er wert wäre. Ist es dir aber Ernst, mir ein Geschenk zu machen, so gib ihn mir gleich jetzt.« Hiermit griff der Schäfer nach der Keule, und der Wolf floh.

»O die Unbarmherzigen«, schrie der Wolf und geriet in äußerste Wut. »So will ich auch als ihr Feind sterben, ehe mich der Hunger tötet, denn sie wollen es nicht besser!« Er lief, brach in die Wohnungen der Schäfer ein, riss ihre Kinder nieder und wurde nicht ohne große Mühe von den Schäfern erschlagen.

Da sprach der weiseste von ihnen: »Wir taten doch wohl unrecht, dass wir den alten Räuber auf das Äußerste brachten und ihm alle Mittel zur Besserung, so spät und erzwungen sie auch war, benahmen!«

Vom Frosch und der Maus

(Martin Luther)

Eine Maus wäre gerne über einem Wasser gewesen und konnte nicht und bat einen Frosch um Hilfe. Der Frosch war ein Schalk und sprach zur Maus: »Binde deinen Fuß an meinen Fuß, so will ich schwimmen und dich hinüberziehen.«

Da sie aber auf das Wasser kamen, tauchte der Frosch hinunter und wollte die Maus ertränken. Indem aber die Maus sich wehrt und arbeitet, fliegt eine Weihe daher und erhascht die Maus, zieht den Frosch auch mit heraus und frisst sie beide.

Der Löwe und das Mäuschen

(Aesop)

Ein Mäuschen lief über einen schlafenden Löwen. Der Löwe erwachte und ergriff es mit seinen gewaltigen Tatzen.

»Verzeihe mir«, flehte das Mäuschen, »meine Unvorsichtigkeit, und schenke mir mein Leben, ich will dir ewig dafür dankbar sein. Ich habe dich nicht stören wollen.«

Großmütig schenkte er ihr die Freiheit und sagte lächelnd zu sich, wie will wohl ein Mäuschen einem Löwen dankbar sein.

Kurze Zeit darauf hörte das Mäuschen in seinem Loche das fürchterliche Gebrüll eines Löwen, lief neugierig dahin, von wo der Schall kam, und fand ihren Wohltäter in einem Netze gefangen. Sogleich eilte sie herzu und zernagte einige Knoten des Netzes, so dass der Löwe mit seinen Tatzen das Übrige zerreißen konnte. So vergalt das Mäuschen die ihm erwiesene Großmut.

Selbst unbedeutende Menschen können bisweilen Wohltaten mit Wucher vergelten, darum behandle auch den Geringsten nicht übermütig.

Die Taube und die Ameise

(Jean de La Fontaine)

An einem heißen Sommertag flog eine durstige Taube an einen kleinen, rieselnden Bach. Sie girrte vor Verlangen, neigte ihren Kopf und tauchte den Schnabel in das klare Wasser. Hastig saugte sie den kühlen Trunk.

Doch plötzlich hielt sie inne. Sie sah, wie eine Ameise heftig mit ihren winzigen Beinchen strampelte und sich verzweifelt bemühte, wieder an Land zu paddeln.

Die Taube überlegte nicht lange, knickte einen dicken, langen Grashalm ab und warf ihn der Ameise zu. Flink kletterte diese auf den Halm und krabbelte über die Rettungsbrücke an Land.

Die Taube brummelte zufrieden, schlurfte noch ein wenig Wasser und sonnte sich danach auf einem dicken, dürren Ast, den der Blitz von einem mächtigen Baum abgespalten hatte und der nahe am Bach lag.

Ein junger Bursch patschte barfüßig durch die Wiesen zum Wasser. Er trug einen selbstgeschnitzten Pfeil und Bogen. Als er die Taube erblickte, blitzten seine Augen auf. »Gebratene Tauben sind meine Lieblingsspeise«, lachte er und spannte siegesgewiss seinen Bogen.

Erbost über dieses unerhörte Vorhaben gegen ihren gefiederten Wohltäter kroch die Ameise behände auf seinen Fuß und zwickte ihn voller Zorn. Der Taugenichts zuckte zusammen und schlug mit seiner Hand kräftig nach dem kleinen Quälgeist. Das klatschende Geräusch schreckte die Taube aus ihren sonnigen Träumen auf, und eilig flog sie davon.

Aus Freude, dass sie ihrem Retter danken konnte, biss die Ameise noch einmal kräftig zu und kroch dann wohlgelaunt in einen Maulwurfshügel.

Der Löwe mit dem Esel

(Gotthold Ephraim Lessing)

Als des Aesopus Löwe mit dem Esel, der ihm durch seine fürchterliche Stimme die Tiere sollte jagen helfen, nach dem Walde ging, rief ihm eine naseweise Krähe von dem Baume zu: »Ein schöner Gesellschafter! Schämst du dich nicht, mit einem Esel zu gehen?« – »Wen ich brauchen kann«, versetzte der Löwe, »dem kann ich ja wohl meine Seite gönnen.«

So denken die Großen alle, wenn sie einen Niedrigen ihrer Gemeinschaft würdigen.

Der Esel mit dem Löwen

(Gotthold Ephraim Lessing)

Als der Esel mit dem Löwen des Aesopus, der ihn statt seines Jägerhorns brauchte, nach dem Walde ging, begegnete ihm ein andrer Esel von seiner Bekanntschaft und rief ihm zu: »Guten Tag, mein Bruder!« – »Unverschämter!«, war die Antwort.

»Und warum das?«, fuhr jener Esel fort. »Bist du deswegen, weil du mit einem Löwen gehst, besser als ich? Mehr als ein Esel?«

Der Tanzbär

(Christian Fürchtegott Gellert)

Ein Bär, der lange Zeit sein Brot ertanzen müssen,
Entrann und wählte sich den ersten Aufenthalt.
Die Bären grüßten ihn mit brüderlichen Küssen
Und brummten freudig durch den Wald.
Und wo ein Bär den andern sah:
So hieß es: Petz ist wieder da!
Der Bär erzählte drauf, was er in fremden Landen
Für Abenteuer ausgestanden,
Was er gesehn, gehört, getan!
Und fing, da er vom Tanzen red'te,
Als ging er noch an seiner Kette,
Auf Polnisch schön zu tanzen an.

Die Brüder, die ihn tanzen sahn,
Bewunderten die Wendung seiner Glieder,
Und gleich versuchten es die Brüder;
Allein anstatt, wie er, zu gehn,
So konnten sie kaum aufrecht stehn,
Und mancher fiel die Länge lang darnieder.
Um desto mehr ließ sich der Tänzer sehn;
Doch seine Kunst verdross den ganzen Haufen.
»Fort«, schrien alle, »fort mit dir!
Du Narr, willst klüger sein als wir?«
Man zwang den Petz, davonzulaufen.

Sei nicht geschickt, man wird dich wenig hassen,
Weil dir dann jeder ähnlich ist;
Doch je geschickter du vor vielen andern bist,
Je mehr nimm dich in Acht, dich prahlend sehn zu lassen.
Wahr ist's, man wird auf kurze Zeit
Von deinen Künsten rühmlich sprechen;
Doch traue nicht, bald folgt der Neid
Und macht aus der Geschicklichkeit
Ein unvergebliches Verbrechen.

Der Hirtenjunge und der Wolf

(Aesop)

Es war einmal ein Hirtenjunge, der hütete jeden Tag die Schafe. Morgens nahm er die Tiere von ihren Besitzern in seine Obhut und trieb sie zu satten Wiesen, wo sie weiden konnten. Und zum Abend hin brachte er die Schafe zurück ins Dorf.

Eines Tages, als er den Schafen wie jeden Tag beim Weiden zusah, war dem Hirtenjungen furchtbar langweilig. Da ersann er einen Streich. Er lief in Richtung des Dorfes und rief, so laut er konnte: »Der Wolf kommt! Der Wolf! Er kommt und will sich ein Schaf reißen!«

Sogleich eilten die Leute aus dem Dorf herbei, um mit Knüppeln und Mistgabeln bewaffnet den Wolf zu verjagen. Doch als sie ankamen, war da kein Wolf. Der Hirtenjunge aber brach vor Lachen in Tränen aus und kugelte sich zwischen den weidenden Schafen. Die Herbeigeeilten trotteten murrend zurück ins Dorf.

Einige Tage später langweilte sich der Hirtenjunge erneut. Da fiel ihm sein gelungener Streich ein. Was einmal gelingt, das wird auch ein zweites Mal gelingen, dachte er bei sich. Und wieder rief er: »Der Wolf kommt! Der Wolf! Er kommt und will sich ein Schaf reißen!« Und wieder eilten die Dorfbewohner herbei, um den Wolf zu verjagen. Und wieder war weit und breit kein Wolf zu sehen.

Eines Abends im Herbst machte sich der Hirtenjunge soeben mit seinen Schafen auf dem Weg zum Dorf. Da sprang ein Wolf aus dem Dickicht und baute sich vor ihnen auf. Der Hirtenjunge bekam es mit der Angst zu tun schrie aus vollem Halse: »Der Wolf kommt! Der Wolf! Er kommt und will sich ein Schaf reißen!« Aber kein einziger Dorfbewohner eilte herbei, um dem Jungen zu helfen.

Und so trieb der Wolf sämtliche Schafe in den Wald, wo er sie eines nach dem anderen auffraß.

Pferd und Sperling

(Wilhelm Hey)

Sperling: Pferdchen, du hast die Krippe voll;
Gibst mir wohl auch einen kleinen Zoll,
Ein einziges Körnlein oder zwei;
Du wirst noch immer satt dabei.

Pferd: Nimm, kecker Vogel, nur immer hin,
Genug ist für mich und dich darin.

Und sie aßen zusammen, die zwei,
Litt keiner Mangel und Not dabei.
Und als dann der Sommer kam so warm,
Da kam auch manch böser Fliegenschwarm;
Doch der Sperling fing hundert auf einmal,
Da hatte das Pferd nicht Not und Qual.

Die sechs Falken oder Der gebrochene Flügel

(nordamerikanisch)

Sechs junge Falken, von denen nur Midschidschiquona, der älteste, etwas fliegen konnte, hatte der plötzliche Tod ihrer Eltern unversorgt und nahrungslos gelassen. Lange hatten sie auf deren Rückkehr vergeblich gehofft, und die jüngeren hatten sich schon mit dem Gedanken des Hungertodes vertraut gemacht, als sich Midschidschiquona entschloss, die anderen, so gut er eben vermochte, mit Futter zu versehen. Eine Zeitlang ging dies auch recht nett, bis endlich auch er ausblieb.

Nun fühlten sich die anderen erst recht unglücklich, denn der Winter war vor der Tür, und ihre Flügel waren noch zu schwach, um sie in eine wärmere Gegend zu tragen. Doch fassten einige Mut und flogen aus, ihren verunglückten Bruder zu suchen. Bald fanden sie ihn auch. Er hatte sich im Kampf mit einem anderen Raubvogel den rechten Flügel gebrochen. »Brüder«, stöhnte er, »mir ist's schlecht ergangen, aber kümmert euch nicht weiter um mich, und lasst euch nicht durch mich abhalten, der rauen Zeit zu entfliehen.«

»Nein, nein«, schrien sie alle. »Wir verlassen dich nicht, sondern bleiben hier, um deine Leiden zu teilen und für dich zu sorgen, wie du ehemals für uns sorgtest. Wenn dich der Winter tötet, mag er uns auch töten; doch solange du lebst, bleiben wir bei dir.« Darauf trugen sie den Kranken in einen hohlen Baum, und drei blieben ständig zu seiner Pflege und Wartung um ihn herum, während die anderen zwei ausflogen und Futter suchten.

Midschidschiquona genas bald und gab seinen Brüdern allerlei erprobte Lehren hinsichtlich der Jagd, was diese befähigte, den ganzen Winter hindurch den Hunger fernzuhalten.

Der Frühling erschien, und die Jagd wurde ergiebiger. Doch Pipidschiwisäns, der jüngste Falke, der gerade nicht der klügste und stärkste war, brachte nie etwas nach Hause, obwohl er täglich am längsten weg war. Da fragte ihn einst Midschidschiquona nach der Ursache seines ständigen Unglücks. »Es ist weder meine Schwachheit noch meine kleine Gestalt daran schuld«, erwiderte er, »denn ich töte stets so viele Enten und sonstige Vögel wie ein anderer. Aber wenn ich mit ihnen heimfliegen will, so stürzt jedes Mal die mächtige Eule Kokokohol auf mich los und nimmt mir meine Beute wieder ab.«

Midschidschiquona flog daher am anderen Tag mit ihm und verbarg sich in der Nähe des Ufers. Pipidschiwisäns fing bald eine Ente, und gleich darauf erschien auch die große Eule, um sie ihm wieder abzunehmen. Schnell stürzte nun Midschidschiquona aus seinem Dickicht, packte sie mit seinen scharfen Krallen und trug sie nach Hause.

Der Kleine flog nebenher und versuchte ihr die Augen auszuhacken. »Tu das nicht, Bruder«, sagte Midschidschiquona, »denn es ist Unrecht, einen hilflosen Feind zu verstümmeln und ihn zu lehren, gegen Schwächere grausam zu sein.« Darauf ließ er die Eule wieder fliegen.

Die sechs Falken lebten noch lange Jahre beisammen, und die Alten, die diese Fabel erzählt haben, wollen damit beweisen, dass Einigkeit und Bruderliebe jede Not des Lebens besiegen.

Das Kamel und die Ratte

(indisch)

Ein Kamel, das seinem Herrn entlaufen war, wanderte auf einsamen Pfaden und schleppte die Nasenleine auf der Erde nach. Wie es nun langsam dahinging, hob eine Ratte das Ende der Leine auf, nahm es ins Maul und lief dem riesigen Tiere voraus, während sie unaufhörlich dabei dachte: Was muss ich doch für Kraft besitzen, dass ich ein Kamel führen kann!

Nach kurzer Zeit kamen sie an das Ufer eines Flusses, der den Weg kreuzte, und hier machte die Ratte halt. Das Kamel sprach: »Bitte, geh doch weiter!« – »Nein«, sagte seine Begleiterin, »das Wasser ist zu tief für mich.« – »Nun wohl«, erwiderte das Kamel, »lass mich die Tiefe an deiner Stelle versuchen.«

Als das Kamel in der Mitte des Stromes angekommen war, blieb es stehen, drehte sich um und rief: »Siehst du, ich hatte recht, das Wasser ist nur knietief, also komm nur hinein!« – »Ja«, sagte die Ratte, »aber es ist doch ein kleiner Unterschied zwischen deinen Knien und den meinigen, wie du siehst. Bitte, trage mich hinüber!« – »Gestehe deinen Fehler«, erwiderte das Kamel, »sieh ein, dass du hochmütig gewesen bist, und versprich, in Zukunft bescheiden zu sein, dann will ich dich sicher hinüberbringen.«

Die Ratte willigte freudig ein, und so kamen die beiden ans andere Ufer.

Die Maus und der Frosch

(Aesop)

Eine Maus schloss zu ihrem Verderben mit einem Frosch Freundschaft und lud ihn zum Mahl ein. Der Frosch band den Fuß der Maus an seinen eigenen an, und so gingen sie zuerst zu einem Ort, wo viele Speisen vorhanden waren. Der Frosch stillte hier seinen Hunger und beschloss, die Maus, da er ihr gutes Leben beneidete, zu verderben. Als sie bald darauf an den Rand eines Sees kamen, zog er sie in das tiefe Wasser. Die unglückliche Maus kam im Wasser um und schwamm in demselben, an den Fuß des Frosches angebunden, umher. Doch ein Taubenfalke erblickte die Maus und fasste sie mit seinen Krallen. Da sich der Frosch nicht losmachen konnte, entführte er ihn gleichfalls in die Luft, wo er zuerst die Maus und dann jenen selbst verspeiste.

Auch ein Toter ist imstande, das an ihm begangene Unrecht zu rächen, denn die Gottheit, die alles erblickt, teilt jedem sein gerechtes Schicksal zu.

Die Ratte und der Schmetterling

(Südsee)

Eine Ratte und ein Schmetterling bauten sich einmal ein Boot. Sie verzierten es mit schönen Schnitzereien und hingen Kauri-Muscheln daran. Dann stiegen sie ein, und als sie im Meer über tiefes Wasser fuhren, ließ die Ratte einen Wind streichen. »Wenn du das noch einmal tust«, sagte der Schmetterling, »machst du unser Boot entzwei.« Nun ließ der Schmetterling einen Wind streichen. »Was schiltst du mich denn aus?«, sagte die Ratte, »du wirst noch ein Loch in unser Boot machen!«

»Das macht mir nichts aus«, sagte der Schmetterling, »ich kann fliegen.« – »Und ich muss schwimmen«, antwortete die Ratte. So ging es weiter. Bald ließ der eine, bald der andere einen Wind streichen. Schließlich machte die Ratte es so kräftig, dass der Schiffsboden entzwei barst und das Boot sich mit Wasser füllte und sank.

Die Ratte schwamm, und der Schmetterling flog vornweg. »Verlass mich nicht«, rief die Ratte hinter ihm her, »komm zurück, wir wollen zusammenhalten.« Doch der Schmetterling kam erst wieder, als er müde ward. Da setzte er sich auf den Kopf seines Freundes. »Geh runter! Wir sinken sonst«, sagte die Ratte. »Du hast ja das Boot entzwei gemacht«, sagte der Schmetterling, »ich bleibe auf deinem Kopf, und du musst an Land schwimmen.« Und so schwamm die Ratte, während der Schmetterling auf ihrem Kopf sitzen blieb.

Schließlich kamen sie in seichtes Wasser und wateten ans Land. Die Ratte war so müde, dass sie nicht einmal das Wasser vom Fell abschüttelte, sondern sich zum Schlafen hinlegte, während ihr Freund, der Schmetterling, auf Nahrungssuche ging. Der Schmetterling flog in einen Bananengarten und sog den Saft ein, der aus den reifen Bananen herausfließt.

Endlich begab sich auch die Ratte in ein Zuckerrohrfeld, kletterte auf einen saftigen Stengel und fing an zu knabbern. Sie knabberte und nagte, bis plötzlich der Stengel abbrach, über die Ratte hinwegfiel und sie einklemmte. »Ki, ki, ki«, schrie sie da, und als der Schmetterling seinem Freund helfen wollte, da war er schon tot. Er hüllte ihn in eine Matte und rief seine Gefährten herbei.

Viele Schmetterlinge stellten sich ein, und sie trugen die Ratte in das schon vorbereitete Grab. Eine Weihe sah den Zug und sagte: »Freunde, was für einen Braten habt ihr denn da?« Doch sie sagten es ihm nicht. Der Adler fragte: »Kerle, was für Fleisch habt ihr da eingewickelt?« Doch sie sagten es ihm nicht. Auch die anderen Aasvögel erkundigten sich bei den Schmetterlingen, doch die trugen die Ratte fort und bestatteten sie so, dass niemand zu ihr gelangen konnte.

Die beiden Ziegen

(Albert Ludwig Grimm)

Zwei Ziegen trafen sich auf einer schmalen Brücke, die über einen tiefen Fluss führte. Die eine wollte auf diese Seite, die andere wollte auf die andere Seite des Flusses.

»Geh mir aus dem Weg«, meckerte die eine. – »Du bist gut«, meckerte die andere. »Geh du doch zurück und lass mich zuerst hinüber. Ich war auch als Erste auf der Brücke.« – »Was fällt dir ein?«, antwortete die erste. »Ich bin viel älter als du und soll zurückgehen? Sei etwas höflicher! Du bist jünger, du musst nachgeben!«

Aber beide waren hartnäckig. Keine wollte zurückgehen, um die andere vorzulassen. Erst haben sie geredet, dann geschrien und schließlich geschimpft. Als das alles nichts nützte, fingen sie miteinander zu kämpfen an. Sie hielten ihren Kopf mit den Hörnern nach vorn und rannten zornig gegeneinander los. Mitten auf der Brücke prallten sie heftig zusammen. Durch den Stoß verloren beide das Gleichgewicht. Sie stürzten zusammen von der schmalen Brücke in den tiefen Fluss, und nur mit Mühe konnten sie sich an das Ufer retten.

Hund und Katze

(Wilhelm Busch)

Miezel, eine schlaue Katze,
Molly, ein begabter Hund,
Wohnhaft an demselben Platze,
Hassten sich aus Herzensgrund.

Schon der Ausdruck ihrer Mienen,
Bei gesträubter Haarfrisur,
Zeigt es deutlich: Zwischen ihnen
Ist von Liebe keine Spur.

Doch wenn Miezel in dem Baume,
Wo sie meistens hin entwich,
Friedlich dasitzt, wie im Traume,
Dann ist Molly außer sich.

Beide lebten in der Scheune,
Die gefüllt mit frischem Heu.
Alle beide hatten Kleine,
Molly zwei und Miezel drei.

Einst zur Jagd ging Miezel wieder
Auf das Feld. Da geht es bumm.
Der Herr Förster schoss sie nieder.
Ihre Lebenszeit ist um.

Oh, wie jämmerlich miauen
Die drei Kinderchen daheim.
Molly eilt, sie zu beschauen,
Und ihr Herz geht aus dem Leim.

Und sie trägt sie kurzentschlossen
Zu der eignen Lagerstatt,
Wo sie nunmehr fünf Genossen
An der Brust zu Gaste hat.

Mensch mit traurigem Gesichte,
Sprich nicht nur von Leid und Streit.
Selbst in Brehms Naturgeschichte
Findet sich Barmherzigkeit.

Möpschen und Spitzchen

(Wilhelm Hey)

Möpschen: Hör, Spitzchen, ich will dich was fragen,
Du sollst mir ganz heimlich sagen:
Wo hast du den schönen Knochen versteckt,
Dass ihn kein böser Dieb entdeckt?

Spitzchen: Nein, Möpschen, ich schweige lieber still;
Der Dieb ist's eben, der's wissen will.

Das Möpschen hat gesucht und gerochen,
Bis hinter dem Stall es fand den Knochen;
In seiner Schnauze hat es ihn schon,
Da bekam es gar einen schlimmen Lohn:
Herr Spitz, der fasst es so derb am Kragen,
Da lief es davon mit Schreien und Klagen.

Der Emu Dinewan und die Krähen Wahn

(australisch)

Der Emu Dinewan machte einmal mit seinen beiden Frauen, den Krähen Wahn, einen Ausflug. Unterwegs bemerkten sie, dass die Wolken sich zusammenballten und es bald Regen geben würde. Da trugen sie schnell einige Rindenstücke herbei und machten sich eine kleine Hütte. Und als es anfing zu regnen, schlüpften sie hinein, um nicht nass zu werden.

Dinewan wollte seinen Frauen aber einen Streich spielen. Als sie gerade nicht hinsahen, stieß er gegen ein Stück Rinde, so dass es umfiel. Dann sagte er seinen Frauen, sie sollten doch hinausgehen und es wieder aufsetzen. Als sie es taten und draußen waren, stieß er ein anderes Rindenstück um, und kaum waren die Frauen wieder in der Hütte, da konnten sie auch schon wieder hinausgehen.

So machte er es viele Male, bis die Frauen schließlich Verdacht schöpften und verabredeten, dass eine aufpassen sollte. Die sah nun, wie Dinewan stets die Rindenstücke wieder umstieß, die sie gerade aufgestellt hatten, und wie er sich bei dem Gedanken vor Lachen bog, dass seine Frauen in die Nässe und Kälte hinaus mussten, um den Schaden zu kurieren, während er trocken und behaglich sein Abendbrot verzehren konnte. Sie erzählte dies der anderen; und nun wollten beide ihm eine gehörige Lektion erteilen.

Sie krochen in die Hütte hinein, und jede trug ein Stück Rinde mit glühenden Kohlen. Dinewan wälzte sich gerade vor Lachen. Sie gingen aber geradenwegs auf ihn los und sagten: »So, nun sollst du einmal so schwitzen, wie es uns gefroren hat«, und damit schütteten sie die Kohlen über ihn. Da sprang Dinewan in die Höhe und schrie laut auf vor Schmerz, denn er hatte sich tüchtig verbrannt. Er fiel über seine eigenen Füße und lief in den Regen hinaus. Diesmal blieben die Frauen in der Hütte und lachten über ihn.

Die beiden Hähne

(Aesop)

Von zwei Hähnen, welche um Hennen miteinander kämpften, behielt der eine die Oberhand über den andern. Der Überwundene zog sich zurück und verbarg sich an einem dunklen Ort. Der Sieger aber flog aufwärts, stellte sich auf eine hohe Wand und krähte mit lauter Stimme. Da schoss jählings ein Adler herab und nahm ihn mit sich fort. Nunmehr kam der Versteckte ungehindert wieder aus seinem Unterschlupf hervor und gesellte sich zu den Hennen.

Die Ameise und die Grille

(Hans Sachs)

Ameisen trockneten einst feucht gewordene Früchte. Eine Grille bat sich ein wenig davon aus, um ihren Hunger stillen zu können. »Du hättest«, sagten sie zu ihr, »auch im Sommer sammeln sollen, dann dürftest du jetzt nicht bei uns betteln.«

»Oh«, antwortete sie, »dazu hatte ich keine Zeit!«

»Was tatst du denn?«, fragten die Ameisen. »Ich sang«, erwiderte sie, »und ihr wisst, dass mein Gesang den Menschen zum Einschlafen nötig ist.«

»Wenn dem so ist«, höhnten sie sie, »so lass dich von denen jetzt füttern, die du in den Schlaf gesungen.«

Wer in der Jugend nicht sammelt, muss im Alter darben.

Die Fliegen Bunnyyarl und die Bienen Wurrunnunnah
(australisch)

Die Bunnyyarl und Wurrunnunnah waren Verwandte und lebten zusammen am selben Ort. Die Wurrunnunnah waren fleißig und arbeiteten tüchtig, um rechtzeitig viele Vorräte einzusammeln und sie für die böse Zeit der Hungersnot aufzuspeichern. Die Bunnyyarl bekümmerten sich jedoch nicht um die Zukunft. Sie vergeudeten die Zeit mit Spielen und Possentreiben und dachten gar nicht daran, ebenfalls Vorräte einzusammeln.

Eines Tages sagten die Wurrunnunnah: »Kommt mit und holt den Honig aus den Blumen! Bald ist der Winter da, dann gibt es keine Blumen, und ihr könnt keinen Honig mehr einsammeln!« – »Nein«, antworteten die Bunnyyarl, »wir haben uns hier um andere Dinge zu kümmern.« Sie gingen fort und überlegten sich, was sie nun wohl für neue Dummheiten aufstellen können. Sie glaubten ja, dass die Wurrunnunnah nachher doch ihre Vorräte mit ihnen teilen würden.

Die Wurrunnunnah taten also die Arbeit allein und überließen die Bunnyyarl ihren Nichtsnutzereien. Sie besuchten alle Blumen, trugen den Honig ein und kehrten nicht wieder zu den Bunnyyarl zurück. Sie waren es überdrüssig geworden, stets alle Arbeit für diese Faulpelze zu tun.

Und später wurden die Wurrunnunnah in kleine, wilde Bienen und die faulen Bunnyyarl in Fliegen verwandelt.

Von Freiheit und Gerechtigkeit und ihren Widersachern

Eine Fabel

(Matthias Claudius)

Vor etwa achtzig, neunzig Jahren,
Vielleicht sind's hundert oder mehr,
Als alle Tiere hin und her
Noch hochgelehrt und aufgekläret waren,
Wie jetzt die Menschen ungefähr;
– Sie schrieben und lektürten sehr,
Die Widder waren die Skribenten,
Die andern: Leser und Studenten,
Und Zensor war: der Brummelbär. –

Da kam man supplicando ein:
»Es sei unschicklich und sei klein,
Um seine Worte und Gedanken
Erst mit dem Brummelbär zu zanken,
Gedanken müssten zollfrei sein!«
Der Löwe sperrt den Bären ein,
Und tat den Spruch: »Die edle Schreiberei
Sei künftig völlig frank und frei!«

Der schöne Spruch war kaum gesprochen,
So war auch Deich und Damm gebrochen.
Die klügern Widder schwiegen still,
Laut aber wurden Frosch und Krokodil,
Seekälber, Skorpionen, Füchse,
Kreuzspinnen, Paviane, Lüchse,
Kauz, Natter, Fledermaus und Star,
Und Esel mit dem langen Ohr etc. etc.
Die schrieben alle nun, und lieferten Traktate:
Vom Zipperlein und von dem Staate,

Vom Luftballon und vom Altar,
Und wussten's alles auf ein Haar,
Bewiesen's alles sonnenklar,
Und rührten durcheinander gar,
Dass es ein Brei und Gräuel war.

Der Löwe ging mit sich zu Rate
Und schüttelte den Kopf und sprach:
»Die besseren Gedanken kommen nach;
Ich rechnete, aus angestammtem Triebe,
Auf Edelsinn und Wahrheitsliebe –
Sie waren es nicht wert die Sudler, klein und groß;
Macht doch den Bären wieder los!«

Der Bär

(Novalis)

»Wohin, Gevatter Bär?«, sprach ein Wolf zu einem wandernden Bären.

»Ich suche mir eine andere Wohnung«, antwortete er.

»Du hattest ja aber eine schöne, geräumige Höhle, warum verlässt du sie?«

»Der Löwe machte Ansprüche an dieselbe und ging an den Senat der Tiere.«

»Da brauchtest du dich nicht zu fürchten, du hattest ja eine gerechte Sache.«

»Gegen Könige ist jede Sache ungerecht, Gevatter Wolf.«

Die gekränkten Schafe

(Felix Fechenbach)

Die Schafe kamen einst zusammen, um Klage zu führen gegen die Menschen. Besonders heftige Stimmen erhoben sich bei den jungen Schafen dagegen, dass die Menschen immer wieder aufs Neue den ehrlichen Namen der Schafe schänden, indem sie ihn in beschimpfender Absicht gebrauchen, wenn sie jemand als dumm bezeichnen wollen. Darin sahen alle Schafe eine schwere Kränkung. Sie wählten deshalb eine Abordnung, die von den Menschen verlangen sollte, dass sie in Zukunft den Schafsnamen nicht mehr als Schimpfwort gebrauchen. Wenn aber die Menschen in ihren Beleidigungen fortfahren würden, dann wollten sich die Schafe von den Schändern ihres Namens nicht mehr die Wolle abscheren lassen.

Die jungen Schafe verlangten, dass ein junger Widder die Abordnung führen sollte. Aber die Alten machten dagegen die Besorgnis geltend, der junge Widder könne durch sein wildes Ungestüm und sein jugendliches Feuer bei den Verhandlungen mit den Menschen alles verderben. Daraufhin entschied die Mehrheit der Versammlung, dass ein alter, erfahrener Hammel die Führung der Abordnung zu übernehmen habe.

Nach einiger Zeit versammelten sich die Schafe wieder. Sie wollten hören, wie sich die Menschen zu ihrer Forderung stellten.

Der alte, erfahrene Hammel, der die Verhandlungen geführt hatte, hielt eine große Rede, worin er die wichtigsten Punkte vortrug: Die Menschen hätten versichert, dass sie den Namen der Schafe überhaupt nicht in beschimpfender oder kränkender Absicht gebrauchen. Im Gegenteil! Sie würden nur solche Menschen mit dem Schafsnamen auszeichnen, die die größte Tugend der Schafe – die Sanftmut – in besonders hohem Grade besitzen. Er, der Hammel, habe den Eindruck, dass sich die letzte Versammlung von den Jungen ohne Grund habe aufwiegeln lassen. Nach seiner Meinung liege kein Anlass vor, sich gekränkt zu fühlen. Er empfehle deshalb den Schafen, dass sie, wie bisher, sich auch in der Zukunft von den Menschen scheren lassen sollten.

Die jungen Schafe protestierten. Die Mehrheit der Versammlung blökte ein zustimmendes »Baäh!«. Und es blieb alles, wie es war.

Vom klugen Wolf und den neun dummen Wölfen

(sumerisch)

Neun Wölfe hatten zusammen zehn Schafe erbeutet. Sie stritten sich nun aber, wie sie die Schafe gerecht aufteilen sollten. Da fragten sie den zehnten Wolf, der als klug galt, um Rat. Dieser dachte kurz nach und antwortete dann: »Ich habe eine gerechte Lösung. Hört mich an! Ihr seid neun und sollt ein Schaf erhalten, macht zusammen zehn. Ich aber bin einer und erhalte neun Schafe, denn das macht ebenfalls zehn.« So geschah es.

Der Löwe, die Hyäne und der Fuchs

(somalisch)

Der Löwe, die Hyäne und der Fuchs unternahmen einen Feldzug. Sie fingen ein Schaf. Da sprach der Löwe: »Wir wollen teilen.« Die Hyäne sprach: »Des Tieres Hinterteil ist mein, das Vorderteil bekommt der Löwe, die Eingeweide und die Füße bekommt der Fuchs!« Da schlug der Löwe der Hyäne mit der Tatze ein Auge aus und sagte zu dem Fuchs: »Teile du!« Der Fuchs aber erschrak und sagte: »Kopf, Eingeweide und Füße sind für mich und die Hyäne, alles Übrige bekommt der Löwe.« – »Wer hat dich das gelehrt?«, fragte der Löwe. – »Das Auge der Hyäne«, antwortete der Fuchs.

Der Löwe als Jagdgenosse

(Iwan Andrejewitsch Krylow)

Der Fuchs, der Wolf, der Leu, der Hund,
die lebten alle vier
in einem und demselben Waldrevier
und schlossen miteinander einen Bund.
Sie kamen nämlich miteinander überein,
gemeinschaftlich das Weidwerk zu betreiben,
gemeinschaftlich sollt' auch die Beute sein.
Nun traf es sich
gar wunderlich,
auch wüsst' ich es nicht näher zu beschreiben,
genug, es fing sich einen Hirsch der Fuchs.
Er schickt die Boten flugs,
dem Pakt gemäß, an seine Kameraden,
zur Teilung einzuladen.
Man stellt sich lüstern ein. Der Löwe reckt die Krallen
und sieht sich scharf ringsum:
»Vier wären wir«, spricht er, »ihr Freunde und Vasallen;
den Hirsch zerreiß' ich in vier Stücke drum.
Und jetzt zur Teilung. Dies hier ist mein Teil
laut dem Vertrage:
Das zweite eignet mir, als Löwen, ohne Frage;
das da ist mein, derweil
ich hier der Stärkste, und – bei meiner Tatze! –
wer nur die Pfote bringt ans vierte Teil,
der kommt lebendig nicht vom Platze!«

Die Teilung

(Wilhelm Busch)

Es hat einmal, so wird gesagt,
Der Löwe mit dem Wolf gejagt.
Da haben sie vereint erlegt
Ein Wildschwein, stark und gut gepflegt.
Doch als es ans Verteilen ging,
Dünkt das dem Wolf ein misslich Ding.
Der Löwe sprach: »Was grübelst du?
Glaubst du, es geht nicht redlich zu?
Dort kommt der Fuchs, er mag entscheiden
Was jedem zukommt von uns beiden.«
»Gut«, sagt der Wolf, dem solch ein Freund
Als Richter gar nicht übel scheint.
Der Löwe winkt dem Fuchs sogleich:
»Herr Doktor, das ist was für Euch.
Hier dieses jüngst erlegte Schwein,
Bedenkt es wohl, ist mein und sein.
Ich fasst' es vorn, er griff es hinten;
Jetzt teilt es uns, doch ohne Finten.«
Der Fuchs war ein Jurist von Fach.
»Sehr einfach«, spricht er, »liegt die Sach
Das Vorderteil, ob viel, ob wenig,
Erhält mit Fug und Recht der König.
Dir aber, Vetter Isegrim,
Gebürt das Hinterteil. Da nimm!«
Bei diesem Wort trennt er genau
Das Schwänzlein hinten von der Sau.
Indes der Wolf verschmäht die Beute,
Verneigt sich kurz und geht beiseite.
»Fuchs«, sprach der Löwe, »bleibt bei mir
Von heut an seid Ihr Großwesir.«

Die Eule und der Sperling

(Novalis)

»Unverschämter! Stiehlst du nicht Kirschen am hellen lichten Tage, vor den Augen aller? Oh, schreckliche Frechheit«, so rief eine Eule einem Sperling zu, der sich auf einem Kirschbaum gütlich tat. – »Freilich ist es edler«, erwiderte der Sperling, »bei Nacht, wenn alle Tiere sorglos schlafen, auf Mord und Raub auszugehen.«

Von der Stadtmaus und der Feldmaus

(Martin Luther)

Eine Stadtmaus ging spazieren und kam zu einer Feldmaus. Die tat sich gütlich an Eicheln, Gersten, Nüssen und woran sie konnte. Aber die Stadtmaus sprach: »Was willst du hier in Armut leben! Komm mit mir, ich will dir und mir genug schaffen von allerlei köstlicher Speise.«

Die Feldmaus zog mit ihr hin in ein herrlich schönes Haus, darin die Stadtmaus wohnte, und sie gingen in die Kammern, die voll waren von Fleisch, Speck, Würsten, Brot, Käse und allem. Da sprach die Stadtmaus: »Nun iss und sei guter Dinge. Solche Speise habe ich täglich im Überfluss.«

Da kam der Kellner und rumpelte mit den Schlüsseln an der Tür. Die Mäuse erschraken und liefen davon. Die Stadtmaus fand bald ihr Loch, aber die Feldmaus wusste nirgends hin, lief die Wand auf und ab und gab schon ihr Leben verloren.

Als der Kellner wieder hinaus war, sprach die Stadtmaus: »Es hat nun keine Not, lass uns guter Dinge sein.« Die Feldmaus antwortete: »Du hast gut reden, du wusstest dein Loch fein zu treffen, derweil bin ich schier vor Angst gestorben. Ich will dir sagen, was meine Meinung ist: Bleib du eine Stadtmaus und friss Würste und Speck, ich will ein armes Feldmäuslein bleiben und meine Eicheln essen. Du bist keinen Augenblick sicher vor dem Kellner, vor den Katzen, vor so vielen Mäusefallen, und das ganze Haus ist dir feind. Von alldem bin ich frei und bin sicher in meinem armen Feldlöchlein.«

Wer reich ist, hat viel Sorge.

Der Wolf und der Hund

(Jean de La Fontaine)

Ein Wolf, der nur noch Knochen war und Haut –
Denn wachsam waren stets die Schäferhunde –,
Traf eine Dogge, stark und wohlgebaut,
Glänzenden Fells und feist, die jagte in der Runde.
»Ha«, dachte Meister Isegrim, »nicht schlecht,
Zum Frühstück wäre die mir recht!«
Doch stand bevor ein Kampf, ein heißer,
Und unser Hofhund hatte Beißer,
Gemacht zu harter Gegenwehr.
Drum kommt der Wolf ganz freundlich her
Und spricht ihn an, so ganz von ungefähr,
Bewundernd seines Leibes Fülle.
»Dir, lieber Herr, wär's Euer Wille«,
Erwiderte der Hund, »ging' es so gut wie mir!
Verlasst das wilde Waldrevier.
Eure Vettern hier sind ohne Zweifel
Nur dürft'ge Schlucker, arme Teufel.
Sie lungern da umher, verhungert, nackt und bloß!
Hier füttert keiner Euch, Ihr lebt nur – mit Verlaub –
Vom schlechtesten Geschäft, dem Raub.
Drum folgt mir, und Euch winkt – ein besser Los.«
»Was«, sprach der Wolf, »hab' ich dafür zu leisten?«
»Fast nichts«, entgegnete der Hund. »Man überlässt die Jagd
Den Menschen, denen sie behagt,
Schmeichelt den Dienern, doch dem Herrn am meisten.
Dafür erhält man dann die nicht verspeisten
Essensreste stets zum Lohn, oft Bissen leckrer Art,
Hühner- und Taubenknöchlein zart,
Von andern Köstlichkeiten ganz zu schweigen!«
Schon träumt der Wolf gerührt von künft'gem Glück, und
Tränen fast dem Aug' entsteigen;
Da plötzlich sieht er, dass am Halse kahl der Hund.
»Was ist das?«, fragt er. – »Nichts!« – »Wie? Nichts?«

»Hat nichts zu sagen!«
»Wirklich?« – »Das Halsband drückte hier mich wund,
Woran die Kette hängt, die wir mitunter tragen.«
»Die Kette?«, fragt der Wolf. »Bist du nicht frei?«
»Nicht immer; doch was ist daran gelegen?«
»So viel, dass ich dein Glück, all deine Schwelgerei
Verachte! Bötst du meinetwegen
Mir einen Schatz – um diesen Preis, sieh, ich verschmäht' ihn doch!«
Sprach's, lief zum Wald zurück – und läuft dort heute noch.

Der Stier und der Biber

(Johann Heinrich Pestalozzi)

Der Stier sagte zum Biber: »So ein Leben unter dem Wasser, wie du eins hast, möchte ich um aller Welt willen nicht haben.« Der Biber schwieg und antwortete ihm nicht. Aber der Stier fuhr fort und machte jetzt eine Lobrede seines besseren und glücklicheren Lebens. »Mein Stall«, sagte er, »ist beinahe so viel wert wie eine Menschenwohnung, und dann muss ich ihn nicht einmal bauen; der Bauer, der mich füttert, baut mir ihn selbst.«

Der Biber antwortete ihm: »Ich weiß wohl, dass es viele Stierställe gibt, die besser aussehen und im Winter gar viel wärmer sind als tausend armer Leute Wohnstuben, und ich kann auch gar wohl denken, es gefalle dir wohl darin, wenn dein Barren recht voll und dein Gras und dein Heu recht gut sind. Ich aber liebe die Wohnung, die ich mir selbst baue und in der ich frei bin, und möchte um alles in der Welt nicht eine Wohnung, die mir ein anderer baute, und mich nicht wie dich darin angebunden finden, wenn er dich anjocht und zum Pflug oder Wagen anspannen will.«

Das Pferd

(Novalis)

Ein Wolf sagte zu einem Pferde: »Warum bleibst du denn dem Menschen so treu, der dich doch sehr plagt, und suchst nicht lieber die Freiheit?«

»Wer würde mich wohl in der Wildnis gegen dich und deinesgleichen verteidigen«, antwortete das philosophische Pferd, »wer mich pflegen, wenn ich krank wäre, wo fände ich solches gutes, nahrhaftes Futter, wo einen warmen Stall? Ich lasse dir gern für das alles, das mir meine Sklaverei verschafft, deine Chimäre von Freiheit. Und selbst die Arbeit, die ich habe, ist sie Unglück?«

Die Stute und der Ackergaul

(Leo Tolstoi)

Eine hübsche Stute war Tag und Nacht auf der Weide und nie vor dem Pflug. Ein Ackergaul aber weidete nur des Nachts und musste tagsüber pflügen.

Die Stute sagte zum Ackergaul: »Warum rackerst du dich so ab? Ich an deiner Stelle würde einfach nicht hingehen. Und wenn dir der Bauer mit der Peitsche kommt, komm du ihm mit deinen Hufen!«

Am andern Morgen tat der Ackergaul genau das, was ihm die Stute geraten hatte. Und der Bauer sah, wie störrisch der Ackergaul war, und nahm die Stute ins Geschirr, ehe sie recht merkte, was mit ihr geschah.

Der Hase mit den Hörnern

(Jean de La Fontaine)

Ein Häschen tummelte sich ausgelassen an einem wunderschönen Sommermorgen auf einem freien Plätzchen, das von dichtem Buschwerk umgeben war. Hier fühlte es sich sicher. Vergnügt hopste es über ein paar Heidebüschel, sauste übermütig im Kreis umher und wälzte sich mit Wohlbehagen im sonnengewärmten Sand. Es zersprang fast vor Lebenslust und wusste vor Glück nicht wohin mit seinen Kräften.

Aber plötzlich duckte es sich blitzartig in einer kleinen Erdmulde nieder. Ein Hirsch setzte über die Büsche hinweg, und gleich darauf folgte ein Widder. Danach trampelte auch noch ein schwerer Stier respektlos quer durch das sonnige Morgenreich des kleinen Häschens.

»Unverschämte Bande«, kreischte das Häschen, »mir meinen schönen Morgen so zu verderben!« Kaum hatte es sich wieder aufgerappelt, sprang eine Ziege über die Sträucher. »Halt«, schrie das Häschen, »was soll das bedeuten, wo läuft ihr denn alle hin?«

Die Ziege, die immer zu einem Streich aufgelegt war, schaute lange und ernst auf die Ohren des Häschens, dann meckerte sie munter: »Hast du denn noch nicht von dem neuen Gesetz des Königs gehört? Ein kühner Bruder von mir stieß zufällig den Löwen mit seinen prächtig geschwungenen Hörnern in die Seite. Doch der König verstand keinen Spaß und befahl, dass alle Tiere, die Hörner tragen, sein Land verlassen müssten. Wer heute Abend noch hier verweilt, wird mit dem Tod bestraft. Ich muss mich beeilen. Lebe wohl, Meister Langohr.«

»Sonderbar«, dachte das Häschen, welches nicht so schlau war wie sein Großvater, »der Löwe treibt seine Beute aus dem Land? Höchst sonderbar.« Auf einmal fuhr das Häschen zusammen. Jetzt wusste es, warum die Ziege es so seltsam angegafft hatte. Natürlich, das war es. Im Sand erblickte das Häschen die Schatten seiner Ohren. Sie erschienen ihm riesengroß, und es befürchtete, dass der König seine Ohren für Hörner halten könnte.

»Was mach' ich nur, was mach' ich nur?«, wiederholte der Hasenfuß und zitterte wie Gras im Wind. »Hier bin ich geboren, hier bin ich aufgewachsen, hier kenne ich jeden Grashalm. Ich mag nicht auswandern. Ach, wären meine Ohren so klein wie die einer Maus.«

Eine Grille hatte die Worte der Ziege vernommen, und als sie nun das dumme Häschen so jammern hörte, lachte sie. »Du dummer Angsthase, die Ziege hat dir nur Hörner aufsetzen wollen. Was du wirklich an deinem Kopf hast, sind ganz gewöhnliche Ohren.«

»Hier aber hält man sie für Hörner«, gab das Häschen traurig zur Antwort. »Was hilft es mir, dass ich, du und der liebe Gott wissen, dass es Ohren sind, wenn es der Löwe nicht glaubt.« Und ängstlich lief das Häschen in ein anderes Land.

Der Esel und der Hase

(Christian August Fischer)

»Fort«, sagte der Löwe zu seinem Geheimschreiber, dem Luchs. »Setze mir gleich ein Dekret auf! Sie sollen mir alle aus dem Land! Alles, was Hörner hat! Sie sind mir zu klug! Es sind lauter Jakobiner!«

Das Dekret wurde gegeben, und alle gehörnten Tiere mussten das Land verlassen. »Ach«, sagte der Esel zum Hasen, »wie wird es uns gehen! Wie leicht kann man unsere Ohren für Hörner ansehen!« Der Hase schlug vor, sich an den Geheimschreiber zu wenden.

Sie trugen ihre Sache vor. »Seid unbesorgt«, war die Antwort. »Esel und Hasen verkennt man nicht!«

Wem fallen hier nicht gewisse andere Dekrete ein?

Das Nashorn und das Dromedar

(Jean-Pierre Claris de Florian)

Ein Nashorn sprach zu einem Dromedar:
»Mein Freund! Es ist doch sonderbar,
Wie ungerecht das Schicksal uns behandelt;
Vielleicht vermagst du es, mich aufzuklären,
Und bist so gut, mich deshalb zu belehren.
Der Mensch, – ein Tier, zum Herrscher ausersehen,
Das stolz und mächtig einherwandelt,
Liebt euch, – und Euresgleichen stehen
Bei ihm in hohem Rang;
Er pflegt euch, nährt euch mit seinem Brot,
Euch quälet nie des blassen Hungers Not;
Man suchet stets euch zu vermehren,
Und hält euch allenthalben sehr in Ehren.
Ich weiß zwar wohl, dass ihr auf eurem Rücken
Des Menschen Bürden tragt,
Die oft gewaltig schwer euch drücken:
Doch diesen Dienst kann auch das Nashorn ihm erweisen,
Und deshalb braucht er euch nicht allzu sehr zu preisen;
Ja, wenn ihr redlich seid, so sagt,
Ob nicht vielleicht der Vorrang uns gebührt?
Denn seht nur her, welch großes Horn uns ziert,
Und welche Stärke unser Panzer hat?
Sie würden ihm sehr nützlich sein
Beim Kampfe in des Feindes Reih'n.
Doch hasset uns der Mensch, und tat
Gar nichts für uns. Drum fliehen wir,
Wenn sich uns nähert dieses Tier!«
»Mein Freund«, erwidert drauf das Dromedar
»Die Sache ist mir wirklich sonnenklar:
Der Mensch verlanget Dienste nicht allein,
Man soll ihm auch hübsch untertänig sein:
Was uns den Vorzug gibt vor Euresgleichen,
Das ist die Kunst, das Knie zu beugen!«

Sperling und Kanarienvogel

(Felix Fechenbach)

Ein Kanarienvogel, der nie die Freiheit gekannt hatte, führte bei reichlichem Futter in seinem Vogelbauer ein sorgenfreies Leben.

Eines Tages stand sein Bauer am offenen Fenster und ein hungriger Sperling ersah die günstige Gelegenheit, sich zwischen den Gitterstäben ein paar leckere Körner herauszustibitzen.

»Pfui, schäm dich«, piepste der wohlgenährte Gelbrock den hungrigen Gast an. »So aller Tugend vergessen zu stehlen wie ein gemeiner Dieb! Sieh mich an«, fuhr er selbstgerecht fort. »Ich habe in meinem ganzen Leben noch kein Körnlein aufgepickt, das nicht für mich bestimmt war.«

»Es ist wahr«, versetzte der Sperling, »deine Tugend ist musterhaft, aber nur«, fügte er hinzu, »weil sie nie in Versuchung kam.«

Die Hornissen und die Bienen

(Jean de La Fontaine)

Am Werke kann den Meister man erkennen.
Ein paar Honigwaben waren herrenlos; Hornissen
Hatten sie an sich gerissen,
Doch auch die Bienen wollten sie ihr Eigen nennen.
Vor eine Wespe kam der Streit, die sollt' ihn schlichten;
Allein es ward ihr schwer, nach Fug und Recht zu richten.
Die Zeugen sagten, dass sie um die Wabe her
Geflügeltes Getier, das braun und länglich wär'
Und summte, oft bemerkt. Das sprach wohl für die Bienen;
Jedoch was half's, da die Kennzeichen ungefähr
Auch den Hornissen günstig schienen?
Die Wespe wusste nun erst recht nicht hin und her,
Und sie beschloss – die Sache wirklich aufzuklären –,
Der Ameisen Meinung anzuhören.
Umsonst! Denn alles blieb, wie's war.
»Auf diese Art wird's nimmer klar!«,
Sprach eine Biene, eine weise.
»Sechs Monde schleppt sich schon der Streit im alten Gleise,
Und wir sind weiter um kein Haar.
Will sich der Richter nicht beeilen,
Verdirbt der Honig mittlerweilen.
Am Ende frisst der Bär ihn gar!
Erproben wir jetzt drum ohn' Advokatenpfiffe
Und ohne Krimskrams der Juristenkniffe
Nur durch die Arbeit unsre Kraft!
Dann wird sich's zeigen, wer von uns den süßen Saft
In schöne Zellen weiß zu legen.«
Durch der Hornissen Weigrung war
Gar bald ihr Unrecht sonnenklar.
Der Bienen Schar gewann den Streit von Rechtes wegen.

O würde jeder Streit doch nur auf diese Art
Entschieden und, wie man im Morgenlande richtet,
Nach dem Buchstaben nicht, nein, nach Vernunft geschlichtet!
Was würd an Kosten dann gespart,
Statt dass mit endlosen Prozessen
Man jetzt uns zur Verzweiflung treibt!
Wozu? Die Auster wird vom Richter aufgegessen,
Während uns die Schale bleibt.

Der Affe als Richter

(asiatisch)

Früher, als fast noch alle Tiere frei herumliefen und erst wenige von ihnen bei den Menschen wohnten, lebten im Haus eines Gelehrten ein Hund und eine Katze.

Eines Tages hatte der Gelehrte einen frisch gebackenen Kuchen geschenkt bekommen. Da er für ein paar Stunden das Haus verlassen musste, stellte er ihn zur Sicherheit auf ein Brett, das an der Wand hing. Die Katze hatte den Gelehrten aufmerksam beobachtet, und kaum war dieser zur Tür hinaus, sprang sie auf den Korbsessel, der am Fenster stand, von dort auf den Tisch, und von dort wagte sie den weiten Sprung auf das Brett.

Der Nagel, der das Brett mit einem Bambusgeflecht nur notdürftig verband, war diesem Ansturm nicht gewachsen. Polternd stürzte das Brett mit dem Kuchen und der Katze zu Boden.

Der Hund hatte sich schläfrig in der Sonne ausgestreckt und auf die Rückkehr seines Herrn gewartet. Bei dem plötzlichen Getöse fuhr er erschreckt auf und sauste in das Zimmer. Als er den wohlduftenden Kuchen in den Fängen der Katze sah, sprang er auf sie zu und wollte ihn ihr entreißen. Die Katze wehrte sich fauchend und verpasste ihrem Hausgenossen einen kräftigen Schlag auf die Nase. Der Hund jaulte auf.

Ein Affe turnte gerade über die Gartenmauer und blickte neugierig zum Fenster hinein. »Warum streitet ihr zwei euch bei einem so herrlichen Wetter?«, fragte er belustigt. Der Hund bellte wütend: »Diese nichtsnutzige diebische Katze hat unserem Herrn seinen Kuchen stibitzt!« – »Was geht dich das an?«, maunzte die Katze böse. »Während du faul in der Sonne gedöst hast, habe ich mich sehr geplagt. Ich habe mir den Kuchen mühsam verdient!« – »Unverschämtes, eigennütziges Biest«, knurrte der Hund, »glaubst du, du kannst den Kuchen allein essen? Er gehört unserem Herrn, ich habe also auch ein Anrecht darauf.«

»Hört auf zu streiten«, sagte der Affe. »Ist der Kuchen nicht groß genug für euch beide? Ich sehe dort auf dem Tisch eine Waage stehen. Ich werde euch die Beute in zwei gleiche Stücke teilen.«

Die Katze und der Hund waren damit einverstanden. Aufgeregt verfolgten sie, wie der Affe den Kuchen durchbrach und die eine Hälfte auf die eine, die zweite Hälfte auf die andere Waagschale legte. Die eine Waagschale plumpste hinunter. »Das Stück ist wohl etwas zu schwer«, meinte der Affe mit ernsthafter Miene, bröckelte ein paar Krumen davon ab und steckte sie genüsslich in den Mund.

Hund und Katze sahen erwartungsvoll zu, wie sich die Schale langsam wieder hob. »Jetzt ist es gut!« rief der Hund. – »Nein!« sagte der Affe streng. »Das Kuchenstück ist noch etwas zu schwer. Man soll mir nicht nachsagen, dass ich ein ungerechter Richter bin.« Mit diesen Worten brach er noch ein kleines Stück von dem Kuchen ab und ließ es in seinen Mund wandern. Aber er hatte zu viel genommen, denn jetzt sank die andere Waagschale hinunter.

Der Affe murmelte ein paar unverständliche Worte und begann von dem zweiten Stück Krümel für Krümel abzubrechen und behaglich in den Mund zu schieben, bis die beiden Waagschalen sich nach und nach wieder näherten. Im letzten Augenblick nahm er nochmals zu viel von dem größeren Kuchenstück, so dass dieses jetzt kleiner wurde als das andere und die Waagschale sich hob. Er musste seine Arbeit von neuem beginnen.

Dieser Vorgang wiederholte sich so lange, bis eine Waagschale schließlich ganz leer war und auf der anderen nur noch ein Stückchen lag. Da wurde er böse und schimpfte mit dem Hund und der Katze: »Wegen solch einer lächerlichen Kleinigkeit zankt ihr euch und bemüht mich als Schiedsrichter? Ihr sollt euch schämen! Damit nun endgültig Frieden herrscht, esse ich das Kuchenstückchen selber auf.« Er steckte auch noch den letzten Happen in seinen Mund und schwang sich aus dem Fenster. Der Hund und die Katze sahen ihm verdutzt nach.

»Das hast du nun davon«, fauchte die Katze. – »Warum bist du auch so geizig gewesen«, knurrte der Hund und trottete zurück an seinen Sonnenplatz. »Man kann sich auf niemanden mehr verlassen«, brummte er und schlief wieder ein.

Der Tiger und der Fuchs

(Novalis)

»Tiger«, sprach der Löwe zu seinem Favoriten, »ich kann den Fuchs nicht mehr ausstehen, er spöttelt unaufhörlich, schafft mir ihn mit guter Manier vom Hals.« Freudig lief der Tiger zum Fuchs: »Nichtswürdiger, du hast die Königin beleidigt.« – »Wann das?«, sagte der Fuchs, »ich weiß nichts davon.« – »Ebenso hast du doch erst gestern den König verleumdet.« – »Das ist eine ebenso schändliche Lüge wie das erste«, schrie der Fuchs. – »O himmelschreiendes Verbrechen! Du beschuldigst mich der Lügen! Das muss ich rächen!« Und hiermit fraß er ihn auf.

Die Fressordnung im Hühnerstall

(Johann Heinrich Pestalozzi)

Eine Hühnermagd fütterte alles Gefieder aus einem Trog. Die Starken hatten es gut, aber die Schwachen, Kranken und Jungen kamen täglich zu kurz und wurden gedrückt und zertreten.

Das ging einem alten Hahn, der schon einmal auf dem Totenbett gelegen hatte, ans Herz. Da nach dem Mittagsmahl wieder eine junge Ente vor dem Trog tot lag, redete er die Häupter und die ganze Gemeinde im Hühnerstall an:

»Edle, gefiederte, zweibeinige Tiere! Wir sind doch alle von einem schuldlosen Geschlecht und handeln auf keine Weise wie die großen Bösewichter, die Katzen und die abscheulichen Marder, welche alles Geflügel essen und selbst die heiligen Eier nicht verschonen noch das geweihte Blut scheuen. Der Jammer geht euch allen zu Herzen, den die Frau Reichsvögtin unseres Gemeinwesens, die Magd, über unsre Armen und Schwachen verhängt. Ich weiß es, ihr wollt alle lieber mit Gerechtigkeit fressen, als diesem Jammer länger zusehen.«

Aber die Hühner und Gänse verstanden gar nicht, was das sei, mit Gerechtigkeit fressen. Der alte Hahn machte es ihnen begreiflich und sagte: »Es lasse ein jeder von uns sich seinen Schnabel messen, und je nachdem wie groß dieser ist, bestimmt man ihm sein Fressrecht. Dann wechseln täglich ein Hahn und eine Gans in der Fressstunde als Hüter. Der Hahn hütet den Gänsen und Enten, und die Gans hütet den Hähnen und Hühnern. Wer dann im Fressen nicht bei seinem Schnabelrecht bleibt, den strafen sie mit rechtlichem Picken am Kopf und Rupfen am Hals.«

Wer bisher in der Fressstunde zu kurz kam, der stimmte von Herzen der Meinung des Hahns zu. Anders war es mit den Häuptern und Vorstehern der Hühnergemeinde. Diese fanden die Sache in ihrer Weisheit bedenklich. Doch endlich auf Fürsprache des alten, geliebten Mithahns willigten auch sie ein, mit einem solchen Gerechtigkeitsfressen eine Probe zu machen.

Also war die Meinung des alten Hahns insoweit im Hühnerstall zum Gesetz gemacht.

Aber die Hähne und Gänse übten das Gesetz aus wie Hähne und Gänse. Sie taten sämtlich ein Auge zu, wenn die Stärkeren fraßen, und es blieb den Schwachen und Kleinen täglich weniger übrig, wenn die Ordnung des Fressens an sie kam, und dieses wenige ward ihnen noch durch dieses neue

Gerechtigkeitspicken und Gerechtigkeitsrupfen unerträglich verbittert. Auch starben bei diesem Gerechtigkeitselend weit mehr Hühner und Gänse als bei dem Freiheitselend der Vorzeit.

Zum Glück dauerte das neue Unglück im Hühnerstall nur bis ins Frühjahr, als eine neue Hühnermagd eintrat und bald die einzige Gerechtigkeit, die im Hühnerstall möglich war, einführte, indem sie die stärkeren Tiere einsperrte, wenn sie den Schwächeren ihr Fressen vorstellte.

Die zwei Schakale

(altägyptisch)

Auf einem Berg sagen einmal zwei befreundete Schakale und versprachen sich, dass jeder von ihnen im Namen des anderen gute Taten vollbringen möge. Dann aßen und tranken sie gemeinsam und ließen es sich gut gehen.

Eines sehr heißen Tages lagen sie im kühlenden Schatten eines Baumes, als ein jagender Löwe auf sie zusprang. Die Schakale aber flohen keineswegs, sondern blieben in aller Ruhe liegen. Das überraschte den Löwen so sehr, dass er innehielt und fragte: »Was hat es damit auf sich, dass ihr nicht davonlauft vor mir?«

Die Schakale antworteten: »Was hätte es uns genutzt? Wir haben dich in deinem Furor gesehen, du hättest uns doch sowieso eingeholt. Es ist besser, du frisst uns jetzt, da wir noch voll Kraft sind. Dann sterben wir nicht müde und abgekämpft von der Jagd. Möge das Krokodil, das mich fängt, seinen Genuss mir haben.«

Als der Löwe das vernommen hatte, antwortete er: »Ein großer Herr zürnt nicht über die Wahrheit, er hat Mitleid«, und ließ die Schakale unversehrt am Leben.

Werte, Vorstellungen, Wertvorstellungen

Der Affe und die Brillen

(Iwan Andrejewitsch Krylow)

Ein Affe alterte, und sein Gesicht ward schwach.
Da ließ er sich erzählen,
Bei Menschen sei das noch kein großes Ungemach,
Man brauche eine Brille nur zu wählen.
Der Affe holt sich drum ein halbes Dutzend Brillen,
Und dreht sich hin und her um des Versuches willen.
Er drückt sie an die Stirn, er rückt sie bis zum Schwanz,
Bald riecht er, und bald leckt er dran,
Die Brillen haben Wirkung nicht getan.
»Zum Henker«, ruft er, »der ist auch ein Tor,
Der alles glaubt, was Menschen schwatzen,
Was logen sie mir doch von Brillen vor,
Die wahrlich wert sind keinen Batzen!«
Drauf hat der Aff', vom Zorne hingerissen,
Die Brillen so an einen Stein geschmissen,
Dass sie in Splitter gehn und dass die Funken stieben.

Bei Menschen auch wird's anders nicht getrieben.
Wie nützlich immer eine Sache sei,
Der Ignorant, dem sie noch neu,
Kann ihren Nutzen nicht verstehen
Und weiß sie nur zu schmähen;
Und ist er gar noch angesehen,
Verfolgt er den Erfinder sonder Scheu.

Der Affe und die Nuss

(Ulrich Boner)

Der Affe einen Korb einst fand,
gefüllt mit Nüssen bis zum Rand.
Er hätte draus die Kerne
gefressen gar zu gerne,
die sollten schmecken köstlich gut!
Doch zornig ward ihm bald zumut:
Er leckte – puh! – wie bitter!
Er biss drauf – huh! – ein Splitter
der Schale riss den Mund ihm auf.
»Nun hört mir bloß mit Nüssen auf!«,
rief er, »das ist ja Lug und Trug!
Mein blutiger Mund lehrt mich genug!«
Weg warf das Ding er mit Verdruss,
den süßen Kern auch mit der Nuss.

Viel Leute, und gar allerhand
im weiten Menschenreich ich fand,
die, weil's bedachte Mühe macht,
sich selbst um süße Frucht gebracht.

Beim Feuerzünden sieht man's auch,
da gibt's zuerst den bösen Rauch,
der in die Augen beißet sehr.
Doch bläst du tapfer fort und mehr,
wird's eine Flamme, rein und hell,
so recht des Wohlbehagens Quell.
Ein Feuerlein, das heg' man gut,
dann gibt's als Feuer Licht und Glut!

Was der Affe mit der Schlange gelernt hat

(Johann Heinrich Pestalozzi)

Ein junger Affe studierte lange und konnte nicht ergründen, was Bescheidenheit sei. Endlich sah er eine Schlange auf dem Bauch kriechen und sagte zu seiner Mutter: »So ohne Hände und Füße sich durch die Welt zu winden, das wird wohl Bescheidenheit sein.«

Der gute Junge wusste nicht, wie leicht und wie hoch die Schlange ihren Kopf in die Höhe heben und wie sie ihren Leib zu einem Kamelrücken machen kann, wenn sie sich auf die Kraftsprünge vorbereitet, mit denen sie nicht bloß schwache Affen, sondern auch starke Tiere mörderisch anfällt, um den Demutsbauch ihres kriechenden Leibes vollzustopfen.

Glaube doch niemand, dass, wer sich beim Kriechen gerne und leicht unsichtbar macht, demütig sei.

Das Chamäleon und die Vögel

(Christian August Fischer)

»Es lebe die schwarze Farbe«, schrie ein Rabe. Ein Chamäleon hörte es und färbte sich schwarz.

»Nein, die weiße soll leben«, rief einige Minuten darauf ein Schwan; und flugs wurde es wieder weiß.

»Pfui, Schwarz und Weiß«, sagte der Zeisig: »Gelb ist die schönste!« – »Gelb?«, fiel die Wachtel ein: »Grau willst du sagen.« – »Und ich meine Grün! Grün«, wiederholte der Papagei.

Das Chamäleon nahm alle Farben an, in einem Augenblicke, eine nach der anderen. Es wollte sich alle Vögel zu Freunden machen, und wurde allen verächtlich.

Zeitungsschreiber! – Politische Amphibien! – Hofleute!

Der Hirsch, der sich im Wasser sieht

(Johann Wilhelm Ludwig Gleim)

Ein Hirsch bewunderte sein prächtiges Geweih
Im Spiegel einer klaren Quelle.
»Wie prächtig! auf derselben Stelle,
Wo Königskronen stehn, und wie so stolz, so frei!
Auch ist mein ganzer Leib vollkommen, nur allein
Die Beine nicht, die sollten stärker sein!«

Und als er sie besieht, mit ernstlichem Gesicht,
Hört er im nahen Busch ein Jägerhorn erschallen,
Sieht eine Jagd von dem Gebirge fallen,
Erschrickt und flieht! Nun aber hilft ihm nicht
Das prächtige Geweih, dem nahen Tod entfliehn,
Nicht sein vollkommner Leib, die Beine retten ihn!
Die reißen, wie ein Pfeil, die prächtige Gestalt
Mit sich durchs weite Feld, und fliehen in den Wald!

Hier aber halten ihn, im vogelschnellen Lauf,
An starken Zweigen oft die vierzehn Enden auf.
Er reißt sich los, er flucht darauf;
Lobt seine Beine nun, und lernet noch im Fliehn,
Das Nützliche dem Schönen vorzuziehn.

Rabe und Fuchs

(Aesop)

Ein Rabe hatte einen Käse gestohlen, flog damit auf einen Baum und wollte dort seine Beute in Ruhe verzehren. Da es aber der Raben Art ist, beim Essen nicht schweigen zu können, hörte ein vorbeikommender Fuchs den Raben über dem Käse krächzen. Er lief eilig hinzu und begann den Raben zu loben: »O Rabe, was bist du für ein wunderbarer Vogel! Wenn dein Gesang ebenso schön ist wie dein Gefieder, dann sollte man dich zum König aller Vögel krönen!«

Dem Raben taten diese Schmeicheleien so wohl, dass er seinen Schnabel weit aufsperrte, um dem Fuchs etwas vorzusingen. Dabei entfiel ihm der Käse. Den nahm der Fuchs behänd, fraß ihn und lachte über den törichten Raben.

Der Rabe und das Murmeltier

(Inuit)

Einst flog der Rabe in der Nähe der Küste über ein Felsenriff. Einige Seevögel, die auf dem Felsen saßen, sahen ihn und verspotteten ihn mit den Worten: »Oh, du Abfallfresser! Oh, du Aasfresser!«, bis der Rabe sich umwandte und im Wegfliegen rief: »Gnak, Gnak, Gnak! Warum verspotten mich die?« Und dann flog er weit weg übers Wasser, bis er drüben zu einem Berg kam, wo er blieb.

Er blickte sich um und bemerkte gerade vor sich die Höhle eines Murmeltiers. Der Rabe blieb vor der Höhle auf der Lauer stehen, und bald kam das Murmeltier mit etwas Nahrung zurück. Da es den Raben gerade vor seiner Tür stehen sah, forderte es ihn auf, Platz zu machen. Der Rabe wollte aber nicht und sagte: »Man schimpft mich Aasfresser, und ich werde beweisen, dass ich das nicht bin, und jetzt dich fressen.«

Darauf antwortete das Murmeltier: »Gut, ich habe aber gehört, dass du ein sehr guter Tänzer seist. Tanze jetzt, wenn du willst, ich werde dazu singen und dann magst du mich verspeisen. Bevor ich aber sterbe, will ich dich tanzen sehen.« Das gefiel dem Raben so sehr, dass er einwilligte zu tanzen, und das Murmeltier sang also: »O Rabe, Rabe, Rabe, wie gut du tanzt! O Rabe, Rabe, Rabe, wie gut du tanzt!«

Dann hörten sie auf, um auszuruhen, und das Murmeltier sagte: »Dein Tanz gefällt mir so gut, ich will noch eins singen, du mach aber deine Augen zu und tanze deinen besten Tanz.« Der Rabe schloss seine Augen und hüpfte ungeschickt herum, während das Murmeltier sang: »O Rabe, Rabe, Rabe, was für ein reizender Tänzer bist du! O Rabe, Rabe, Rabe, was für ein reizender Tänzer bist du!« Dann huschte das Murmeltier rasch zwischen den Beinen des Raben durch und war in seiner Höhle geborgen.

Sowie das Murmeltier aber in Sicherheit war, steckte es die Nasenspitze heraus und sagte spöttisch lachend: »Chi-kik-kik, Chi-kik-kik, Chi-kik-kik! Du bist doch der größte Dummkopf, den ich je gesehen habe, was du für eine komische Figur beim Tanzen machst! Ich konnte mich kaum halten vor Lachen. Schau mich nur an, schau, wie fett ich bin! Möchtest du mich nicht gern auffressen?« Und es hänselte den Raben so lang, bis er aus lauter Wut weit weg flog.

Ein Dunkeltier

(Marie von Ebner-Eschenbach)

Ein Maulwurf, gefräßig wie alle, die seines Geschlechtes sind, war auf einem Raubzug begriffen. Er wurde von einem Füchslein beobachtet, das ihn nach einer Weile fragte:

»Warum gehst du immer nur der Nase nach? Mache doch die Augen auf!«

»Werde mich wohl hüten«, erwiderte der Maulwurf, »es könnte mir ja Licht hineinfallen!«

Ein Maulwurf

(Wilhelm Busch)

Die laute Welt und ihr Ergötzen
Als eine störende Erscheinung
Vermag der Weise nicht zu schätzen.
Ein Maulwurf war der gleichen Meinung.
Er fand an Lärm kein Wohlgefallen,
Zog sich zurück in kühle Hallen
Und ging daselbst in seinem Fach
Stillfleißig den Geschäften nach.
Zwar sehen konnt er da kein bissel,
Indessen sein getreuer Rüssel,
Ein Nervensitz voll Zartgefühl,
Führt sicher zum erwünschten Ziel.
Als Nahrung hat er sich erlesen
Die Leckerbissen der Chinesen,
Den Regenwurm und Engerling,
Wovon er vielfach fette fing.
Die Folge war, was ja kein Wunder,
Sein Bäuchlein wurde täglich runder,
Und wie das häufig so der Brauch,
Der Stolz wuchs mit dem Bauche auch.
Wohl ist er stattlich von Person
Und kleidet sich wie ein Baron,
Nur schad, ihn und sein Sammetkleid
Sah niemand in der Dunkelheit.
So trieb ihn denn der Höhensinn
Von unten her nach oben hin,
Zehn Zoll hoch oder gar noch mehr,
Zu seines Namens Ruhm und Ehr
Gewölbte Tempel zu entwerfen
Und denen draußen einzuschärfen,
Dass innerhalb noch einer wohne,
Der etwas kann, was nicht so ohne.

Mit Baulichkeiten ist es misslich.
Ob man sie schätzt, ist ungewisslich.
Ein Mensch von anderm Kunstgeschmacke,
Ein Gärtner, kam mit einer Hacke.
Durch kurzen Hieb nach langer Lauer
Zieht er ans Licht den Tempelbauer
Und haut so derb ihn übers Ohr,
Dass er den Lebensgeist verlor.
Da liegt er nun, der stolze Mann.
Wer tut die letzte Ehr ihm an?
Drei Käfer, schwarz und gelb gefleckt,
Die haben ihn mit Sand bedeckt.

Der Wolf im Schafspelz

(Laurentius Abstemius)

Ein Wolf bekleidete sich mit einer Schafshaut und mischte sich unter eine Herde Schafe. Jeden Tag totete er so ein Schaf. Eines Tages kam ihm der Hirt auf die Schliche, fing den Wolf ein und knüpfte ihn an einem Baum auf.

Als die anderen Schäfer das sahen, fragten sie den Hirten: »Warum hängst du ein Schaf auf?« Der Hirt antwortete: »Die Haut ist die eines Schafes, die Taten aber waren die eines Wolfes.«

Den Menschen soll man nicht anhand seiner äußeren Erscheinung beurteilen, sondern durch seine Werke. Manch einer ist in Schafspelz gekleidet und verrichtet dabei das Werk von Wölfen.

Der Schwan und die Ente

(Johann Wilhelm Ludwig Gleim)

Ein edler Schwan, so weiß wie Schnee,
Bereiste seinen Strom, die Spree,
Mit ausgespannetem Gefieder.
Ein' Ente schwamm ihm nach: »Gevatter! Vetter Schwan« ,
Fing sie sogleich zu schnattern an:
»Singt ihr denn keine Lieder?
Ihr schweigt, ich weiß in Wahrheit nicht warum?
Seid ihr denn etwa stumm?«

»Frau Ent'«, antwortete der Schwan,
»Weil wie die Nachtigall ich doch nicht singen kann,
So schweig' ich lieber,
Und wundre mich darüber,
Dass ihr mit eurem Schnatterton
Nicht schweigt! Bekommt ihr Lohn?
Ihr singt, ich weiß in Wahrheit nicht warum?
Seid ihr denn etwa dumm?«
»Was?«, sprach die Ente, »dumm wär' ich?
Bekümmre dich um dich!«

Sie schnatterte viel Schimpf;
Der Schwan sprach nicht ein Wort,
Und setzte seine Reise fort!

Das Hähnchen, die Katze und das Mäuschen

(Jean de La Fontaine)

Ein junger Mäuserich hatte zum ersten Mal das Nest verlassen und war auf Wanderschaft gegangen. Ganz aufgeregt kehrte er zu seiner Familie zurück und sprudelte über von Neuigkeiten.

»Ich habe viele Berge übersprungen, ein großes Meer durchschwommen und einen langen Tunnel unter einer riesigen Mauer gegraben. Da stand ich auf einmal mitten in herrlich duftenden Kräutern. Als ich sie kosten wollte, störte mich ein seltsames Schnurren. Neugierig pirschte ich mich näher und linste vorsichtig hinter einem dicken Stein hervor.

Da sah ich ein großes, hübsches Tier, das mit sanften Sprüngen einem kleinen Tierchen in der Luft nachjagte. Das große Tier hatte ein ganz weiches Fell und einen schönen, langen Schwanz und so freundlich leuchtende Augen, dass es mir sehr gefiel. Ein großer Freund ist immer gut, sagte ich mir und wollte mit dem hübschen Tier Freundschaft schließen.

Gerade wollte ich meinen neuen Freund begrüßen, da brauste ein anderes, grässliches Tier herbei. Es hatte seine flattrigen Arme weit ausgebreitet und schlug mit ihnen kraftvoll auf und ab. Auf seinem Kopf wackelte ein blutroter Lappen grimmig hin und her. Sein Schwanz war viel zu kurz für den dicken Körper und sehr struppig. Das Schrecklichste an diesem hässlichen Tier war die Stimme.

Denkt euch, in welcher Gefahr ich geschwebt habe! Mit grellen Schreien lief dieses furchtbare, zweibeinige Wesen plötzlich auf mich zu und wollte mich töten. Ich musste sofort fliehen.

Schade, dass ich das hübsche, sanfte Tier nicht näher kennengelernt habe.«

»Du dummes Kind«, rief die Mausemutter entsetzt aus, »dein hübsches, sanftes Tier war eine Katze, unser ärgster Feind. Sie verfolgt uns, wo sie uns nur findet, und tötet uns auf grausame Art. Das Tier aber, vor dem du dich gefürchtet hast, war ein Hahn, der uns nichts tut. Er hat dir dieses Mal das Leben gerettet.

Du darfst niemals danach urteilen, wie jemand aussieht. Oft verbirgt sich hinter einem sanften, schönen Gesicht ein boshafter Heuchler, der nur dein Verderben will.«

Die Sau

(Iwan Andrejewitsch Krylow)

Die Sau ist in den Herrenhof gebrochen
Und streicht um Küch' und Stall;
Da hat sie viel geschnuppert und gerochen
Und ist in jedes schmutzge Loch gekrochen
Und hat im Dreck gewälzt sich überall.
Dann kommt sie heim
Als rechtes Schwein.
Der Hirt sie fragt:
»Nun, Grete, was hast du denn dort gesehen?
Man sagt,
Dass sich die Reichen blähen
Mit ihrer Pracht:

Von Perlen soll es schimmern und Juwelen
In ihren Sälen.«
Die Grete grunzt: »Was nur die Leute schwätzen!
Ich habe nichts entdeckt von solchen Schätzen
Und habe doch in Pfützen und in Gossen
Gesteckt den Rüssel unverdrossen.
Den ganzen Hinterhof durchwühlt' ich kreuz und quer,
Ich fand nur Kehricht, Spülicht und nichts mehr.«

Ich will mit Parallelen niemand kränken,
Doch hat ein Kritikus so blöde Augen,
Dass sie das Schlechte nur zu sehen taugen,
Muss man da nicht an diese Sau hier denken?

Der Hahn und der Diamant

(Aesop)

Ein hungriger Hahn scharrte auf einem Misthaufen nach Fruchtkörnern und fand einen Diamanten. Unmutig stieß er ihn beiseite und rief aus: »Was nützt einem Hungrigen ein kostbarer Stein; sein Besitz macht wohl reich, aber nicht satt. Wie gerne würde ich diesen Schatz um nur einige Gerstenkörner geben.«

Das Stücklein Brot, das dich ernährt,
Ist mehr als Gold und Perlen wert.

Das gehorsame Mäuschen

(Karoline Stahl)

»Was lauerst du?«, red't aus der Ferne
Das Mäuschen eine Katze an.
»Wie funkeln deine Augensterne,
Dass man es kaum ertragen kann.«

»Komm her, mein Schätzchen«, sprach die Katze,
»Ich spielte mit dir gar zu gern.
Sieh her, sieh meine sammtne Tatze,
Was stehst so blöde du von fern?«

»O, gerne möcht ich zu dir gehen;
Doch, meine Mutter will es nicht.
Warum, kann ich nicht recht verstehen,
Denn freundlich ist ja dein Gesicht.

Doch warte nur, ich will sie fragen:
Ob sie es dieses Mal erlaubt,
Und dir alsdann die Antwort sagen,
Wenn es die Mutter nötig glaubt.«

Gehorsam schützet vor Gefahren,
Von denen du noch nichts verstehst,
Und so musst du dich sorgsam wahren,
Dass heimlich, ja, du nichts begehst.

Die ungehorsamen Mäuschen

(Karoline Stahl)

Die Mäuschen schmauseten so gern
Konfekt und Zuckerwaren;
Und, merkten Süßes sie von fern,
Gleich liefen sie in Scharen
Aus allen Löchern flink herzu,
Um schnell davon zu naschen;
Und flüchteten sich auch im Nu,
Wenn man sie wollte haschen.

Die Mutter sprach: »Es tut nicht gut
Das allzuofte stehlen;
Der Mensch, so sorglos er auch tut,
Weiß seine Zeit zu wählen.
Drum rat ich euch, nascht nur mit Maß,
Dass es ihn nicht verdrieße.
Treibt nicht zu weit, noch arg, den Spaß,
Und meidet mir das Süße.«

Doch ach! die Mäuschen hörten nicht
Auf ihrer Mutter Lehre,
Die ihrer Naschsucht widerspricht,
Dass sie sie nicht betöre.
Sie schmausen in dem Zuckerbrot
Ein Gift, für sie verborgen.
So fanden alle schnell den Tod
Ach, schon am andern Morgen.

Die Sperlinge

(Johann Wilhelm Ludwig Gleim)

Man flickte – war's zu Straßburg oder Rom?
Ich weiß es nicht – an einem Dom,
Und jagte Mutter, Brüder, Schwestern
Des Sperlingsvolks aus ihren Nestern;
Und als die Flickerei zu Ende war,
Da kam, bei Tausenden, die Schar
Der Flüchtigen zurückgeflogen,
Und freudig hätte jedes Paar
Sein Nestchen wieder gern bezogen;
Allein, man sah betrübt, dass keins gelassen war.
»Und, Gott! was hat sie doch bewogen«,
Erseufzte da, mit tiefem Ach,
Ein alter Sperling auf dem Dach,
»Uns unsre Wohnungen so grausam zu zerstören?
Was Bösers konnten sie nicht tun;
Als wenn die hohen Mauern nun
Zu etwas nütze wären!«

Die alten und die jungen Frösche

(Abraham a Santa Clara)

Die jungen Frösche haben einmal bei warmer Sommerzeit nächst einer Lache über allen Maßen gequakt und geschrien, so dass ein alter Frosch über diese abgeschmackte Musik verdrüssig geworden und die Jungen nicht wenig ausgefilzt hat.

»Schämt euch, ihr grunhosenden Fratzen«, sagte er, »ihr wilden Lachendrescher, ihr hupfenden Spitzbuben, schämt euch, dass ihr so ein verdrießlich Geschrei vollführt! Wenn ihr aber doch wollt lustig sein und frohlocken, so singt wenigstens wie die Nachtigall, welche auf diesem nächsten Ast sitzt. Ihr großmaulenden Narren, könnt ihr denn nichts anderes als nur das Qua-Qua-Qua?«

»Vater«, antworteten die Frösche, »das haben wir von dir gelernt.«

Zwei Krebse

(Aesop)

»Geh doch gerade und vorwärts«, rief einem jungen Krebs seine Mutter zu.

»Von Herzen gerne, liebe Mutter«, antwortete dieser, »nur möchte ich es dich ebenso machen sehen.«

Jedoch vergeblich war der Mutter Anstrengung und sichtbar ihre Klügelei und Tadelsucht.

Gib keine Befehle, die man nicht vollbringen kann, und tadle an anderen keine Fehler, die du selbst begehst!

Die beiden Frösche

(japanisch)

Zwei Frösche, von denen der eine ganz nahe bei der Küstenstadt Osaka in einem Graben, der andere dicht bei der schönen Hauptstadt Kyoto in einem klaren Bache wohnte, kamen auf den Gedanken, eine Reise zu machen, und zwar wollte der Frosch, der in Kyoto wohnte, sich einmal Osaka ansehen, und der andere, der in Osaka wohnte, hatte Sehnsucht, die Kaiserstadt Kyoto, wo der Mikado residierte, zu besuchen.

Ohne dass sie sich kannten oder auch nur voneinander gehört hatten, machten sie sich daher beide zu derselben Stunde auf den Weg und begannen ihre mühsame Wanderung. Die Reise ging nur langsam vonstatten, denn ein Berg, dessen Höhe die Hälfte des Weges war, musste überschritten werden, und diesen Berg zu erklimmen, war für die Frösche ein mühsames Stück Arbeit. Doch endlich war die Spitze erreicht, und siehe da, beide trafen sich, glotzten im ersten Augenblick einander an und fingen dann an, sich zu unterhalten. Als nun einer dem andern den Beweggrund seiner Reise mitteilte, da lachten sie beide vor Vergnügen, setzten sich zusammen in das hohe Gras und beschlossen, erst ein wenig auszuruhen, ehe sie sich trennten.

»Wenn wir nur größere Tiere wären«, sprach der eine, »dann könnten wir von hier aus beide Städte sehen und könnten schon jetzt beurteilen, ob sich die Mühe lohnt, noch weiter zu wandern.« – »Oh, dem ist abzuhelfen«, entgegnete der zweite, »wenn wir das Ziel unserer Reise von hier aus sehen wollen, so können wir uns aneinander aufrichten, und jeder blickt nach der Stadt hin, die er noch nicht kennt.«

Dieser Vorschlag leuchtete dem anderen Frosch gewaltig ein. Gesagt, getan: Die beiden kleinen Kerlchen stellten sich auf ihre langen Hinterfüße und hielten einander mit den Armen umschlungen, damit sie nicht umfielen. Der Frosch, welcher aus Kyoto kam, richtete seine Nase nach Osaka zu, und der, welcher aus Osaka kam, wandte die seine nach Kyoto. Und so standen sie da, ganz steif, still und versunken in ihre Betrachtungen. Nun hatten die dummen Frösche aber gar nicht bedacht, dass ihre großen Augen, wenn sie den Kopf so hoch in die Luft reckten, wie sie es taten, auf dem Rücken lagen und nach rückwärts blickten, und dass sie daher beide ihre eigene Heimat und die Stadt, von der sie ausgezogen waren, zu Gesicht bekamen.

»Ach, was sehe ich?«, rief der eine Frosch aus Osaka, »was sehe ich? Kyoto sieht ganz so aus wie Osaka, ich kann mir den Weg dahin ersparen!« Und ganz dasselbe sagte der Frosch aus Kyoto, und als beide zu dieser Erkenntnis gekommen waren, da ließen sie einander los, und plumps! fielen sie in das Gras. Dann machten die beiden Frösche einander eine Verbeugung, sagten Lebewohl und wanderten heim.

Bis an ihr Lebensende haben sie geglaubt, dass die Städte Kyoto und Osaka, die doch so grundverschieden sind, einander so ähnlich wären wie ein Ei dem anderen, und nie haben sie ihren Irrtum, der aus ihrer Dummheit entsprang, eingesehen.

Das Kamel

(Aesop)

Als die Menschen das Kamel zum ersten Mal sahen, erstaunten sie über die Größe des Tieres und flohen davon.

Bald merkten sie aber, dass das Kamel nicht so furchtbar sei, wie sie es erwartet hatten, sondern dass man es leicht bändigen könne. Sie fingen es mit geringer Mühe ein und verwendeten es zu ihrem Nutzen. Ganz geduldig ließ es alles mit sich geschehen und wich jeder Gefahr aus. Nun fingen die Menschen an, weil es trotz seiner Größe und Stärke sich nie widerspenstig zeigte, sondern sich jede Kränkung ruhig gefallen ließ, es zu verachten, zäumten es auf und ließen es von ihren Kindern leiten.

Lass dich nicht von jedem gefährlich Scheinenden abschrecken.

Die Spinne zu Sanssouci

(Johann Wilhelm Ludwig Gleim)

Im königlichen Sanssouci
Saß eine Spinn' und sagte: »Sieh,
Was macht der Mensch nicht nach!
Kaum sieht er, wie die Schwalb' am Bach
Zu ihrem Bau sich Wasser holt,
Sogleich macht er es nach
Und baut, wie sie, ein Haus,
Und schmückt inwendig es
Mit einem Spinnweb' aus.«

Mit einem Spinnweb'? »Ja, indes
Macht er es nur von Gold,
Und wie so grob ist es!«

Er mach' es doch, wie ich es mache,
Ja, das wär' eine andre Sache!

Warum die Dinge so sind

Der Schwan, der Hecht und der Krebs

(Iwan Andrejewitsch Krylow)

Wenn zur Genossenschaft sich Eintracht nicht gesellt,
Ist's mit dem Werke schlecht bestellt:
Es gibt nur Quälerei, und man bringt nichts zurecht.

Einst wollten Schwan und Krebs und Hecht
Fortschieben einen Karrn mit seiner Last
Und spannten sich zu drein davor in Hast.
Sie tun ihr Äußerstes – er rückt nicht von der Stelle.
Die Last an sich wär' ihnen leicht genug,
Allein der Schwan nimmt aufwärts seinen Flug,
Der Krebs keucht rückwärts, und der Hecht strebt in die Welle.
Wer schuld nun ist, wer nicht, darüber hier kein Wort,
Der Karren aber steht noch dort.

Das Reh und die Schildkröte

(südamerikanisch)

Das Reh traf eines Tages die Schildkröte, als sie ihre Hufen reinigte, denn in jener Zeit trug die Schildkröte Hufen, und das Reh hatte Krallen. Da sagte das Reh: »Mein Freund, du hast hübsche Sandalen. Lass sie mich einmal versuchen!« Die Schildkröte war sehr stolz darauf, gab sie ihm und sprach: »Gewiss, warum nicht?« Sie erhielt dafür die Krallen des Rehs. Als das Reh nun die Hufen probierte, fand es, dass es viel rascher damit laufen konnte, und lief davon. Die arme Schildkröte aber sah sich in ihrer Bewegung behindert. Sie blieb stehen und wartete von Minute zu Minute auf die Rückkunft des Rehs, aber es kam niemals wieder.

Die Fledermaus

(Aesop)

Eine Fledermaus fiel in das Gras. Sofort stürzte ein Wiesel auf sie zu und wollte sie verspeisen.

»Ach«, piepste die Fledermaus in Todesangst. »Was willst du? Was tust du? O lasse mich am Leben!« – »Ich kann nicht, ich hasse dich, weil ich alle Vögel hasse«, fauchte das Wiesel. Die Fledermaus besann sich einen Augenblick. »Ich bin doch kein Vogel, ich kann die Vögel nicht leiden, ich bin doch eine Maus«, beteuerte sie. Da schenkte ihr das Wiesel das Leben.

Kurze Zeit nachher hatte die Fledermaus dasselbe Unglück. Wieder war ein Wiesel daran, ihr den Hals durchzubeißen. »Du sollst augenblicklich gefressen werden«, sagte es, »ich hasse alle Mäuse und dich auch!« – »Aber ich bin doch keine Maus, ich kann die Mäuse nicht leiden! Ich bin doch ein Vogel«, beteuerte die Fledermaus. – »Was du nicht sagst, entschuldige«, antwortete das Wiesel.

Und die Fledermaus kam wirklich wieder mit dem Leben davon.

Warum die Fledermäuse am Tag schlafen

(asiatisch)

Vor langer Zeit brach zwischen den Vögeln und den Säugetieren ein heftiger Krieg aus. Während alle Tiere erbittert gegeneinander kämpften, zog sich die Fledermaus in einen hohlen Baum zurück und dachte: »Ich will erst einmal abwarten, welche Seite gewinnt, denn niemand von den Tieren kennt mich genau und weiß, wer ich bin. Die einen behaupten, ich sei ein Landtier, und die anderen sagen, ich sei ein Vogel. Das Beste ist, ich warte das Ende des Streites ab und schlage mich dann auf die Seite der Sieger.«

Aufmerksam verfolgte sie den erbitterten Kampf zwischen beiden Heeren. Auf einmal schien es ihr, als würden die Vögel siegen. Flink flatterte sie aus ihrem sicheren Versteck und wollte sich schon unter die gefiederten Krieger mischen, als sie sich plötzlich besann: »Vorsicht! Nur nichts überstürzen«, sagte sie zu sich und schwirrte zum Baum zurück. »Ich will mich ihnen erst anschließen, wenn der Kampf endgültig entschieden ist.«

Das Kriegsglück schlug um, und die Säugetiere drängten die Soldaten der Luft mächtig zurück. »Ha! Wie gut, dass ich gewartet habe«, freute die Fledermaus sich und hüpfte zu den Landtieren. »Schaut mich an«, rief sie. »Ich gehöre zu euch. Mein Gebiss ist das eines Raubtieres, mein Gesicht ähnelt dem Affen, und außerdem säuge ich meine jungen mit Milch. Ich will euch helfen. Lasst mich auf eurer Seite helfen!« Und sie schwor den Säugetieren unbedingte Treue. Der Affe legte bei seinen Kameraden ein gutes Wort für die Fledermaus ein, und sie wurde mit Ehren aufgenommen.

Die mutigen Vögel wehrten sich unter der geschickten Führung des Adlers verbissen gegen ihre Feinde, schließlich wechselte das Glück auf ihre Seite, und sie gewannen die Schlacht.

Da befiel die Fledermaus eine panische Angst. In ihrer Furcht spürte sie schon den tödlichen Dolch des Adlers. Eilig floh sie in die Berge, verbarg sich in einer finsteren Höhle und wagte nicht einmal mit den Augen zu blinzeln, ob ihr jemand gefolgt war.

Seit dieser Zeit versteckt sich die Fledermaus tagsüber in Ritzen, Löchern und Höhlen und wagt sich nur des Nachts heraus, wenn die meisten Vögel schlafen.

Die Geschichte des Rotfuchses
(nordamerikanisch)

Der Rotfuchs ist ein Tier, an dem die böse Nachrede kein gutes Wort gelassen hat. Er soll wie die Hyäne die Toten ausgraben und sie verzehren. Aus seinem nächtlichen Geheul weiß man allerlei Sterbefälle und sonstige traurige Geschichten zu weissagen. Sein Körper war früher ganz rot, seine schwarzen Beine hat er erst später, und zwar auf folgende Art bekommen:

Einst hatte ein mächtiger Häuptling, der eine allerliebste Tochter besaß, ein großes Gastmahl bereitet und alle Tiere der Erde dazu eingeladen. Als dem Rotfuchs seine Einladung überbracht wurde, fragte er den betreffenden Boten: »Sagt mir doch, lieber Freund, was wird uns denn zum Abendessen serviert?« – »Fein gekochtes Korn«, erwiderte der Bote. – »O wenn es weiter nichts ist«, entgegnete naserümpfend der Rotfuchs, »dann ist es ja nicht der Mühe wert, dass ich vor die Tür gehe, denn solch ein Gericht kann ich mir geradesogut in meiner eigenen Hütte zubereiten lassen!« Darauf drehte er ihm höhnisch lachend den Rücken zu.

Der Bote ging zurück zum Häuptling und erzählte ihm, wie ihn der Rotfuchs behandelt habe. »Geh so schnell wie möglich wieder zurück«, sagte der Häuptling, »bitte ihn so höflich, wie du kannst, um Entschuldigung und sage, dass ihm die delikatesten Fleischspeisen, durch die erprobteste Köchin bereitet, vorgesetzt würden.« Diese Nachricht gefiel dem alten Rotfuchs schon bedeutend besser, und schmunzelnd versprach er, zur rechten Zeit zu kommen. Gleich darauf reinigte er sich das Fell ganz gründlich und ging zur Hütte des Häuptlings.

Die Gesellschaft empfing ihn dort äußerst höflich, ein jeder stand ehrerbietig auf und offerierte ihm bereitwilligst seinen Sitz, ja der Häuptling wies ihm sogar den Ehrenplatz neben dem Feuer an, der Meister Reineke auch am besten zusagte, nämlich deshalb, weil er von dort prächtig in den Fleischkessel sehen konnte. Doch nach und nach kamen noch so viele Tiere in den Wigwam, dass sie kaum alle Platz hatten, und unser Rotfuchs wurde dadurch so nahe ans Feuer gedrückt, dass er es bald vor Hitze nicht länger mehr aushalten konnte. Als er nun deshalb aufstehen wollte, bekam er auf einmal einen so kräftigen Stoß, dass er mit allen Vieren in den Kessel fiel und sich jämmerlich verbrannte.

Heulend und klagend lief er nun nach Hause zu seiner Großmutter, die ihm, wie das so bei den Tieren Sitte war, den Haushalt besorgte. »Du hast dir«, sagte sie zu ihm, »zwei große Fehler zuschulden kommen lassen: Zuerst warst du zu unhöflich gegen den Boten, und dann warst du zu unbescheiden gegen die ganze Gesellschaft, indem du gleich den Ehrensitz einnahmst. Hättest du dich ruhig mit dem ersten Sitz neben der Tür begnügt, so wäre dir sicherlich ein solches Unglück nicht zugestoßen.«

Das klang allerdings wenig tröstlich für den Patienten, und er hätte sicherlich mit der Alten einen Streit angefangen, wenn sie ihm nicht schnell die wunden Beine verbunden und den herkömmlichen Medizintanz getanzt hätte. Diesen Tanz tanzte sie die liebe lange Nacht hindurch, denn ihr Enkel jammerte und schrie unaufhörlich. Als sie am folgenden Morgen den Verband abnahm, sah sie, dass die Beine überall ganz kohlschwarz geworden waren.

Jetzt war der Jammer des Rotfuchses erst recht groß: »Ach, meine Beine, meine schönen roten Beine«, schrie er. »Wie werden mich jetzt die jungen Mädchen auslachen, wenn sie mich sehen! Ach, jetzt kann ich mich nirgends mehr sehen lassen!« Da die alte Großmutter während der Nacht ihre steifen Glieder tüchtig angestrengt hatte, fiel sie während dieses Gejammers in tiefen Schlaf. Als dies der Rotfuchs merkte, stand er leise auf, schlich sich geräuschlos vor die Hütte des Häuptlings und ließ sein unheilbedeutendes Geheul ertönen, und zwar so laut, wie er nur konnte.

Kurze Zeit danach wurde die Tochter des Häuptlings bedenklich krank und starb, obwohl die berühmtesten Mediziner des ganzen Landes lange Zeit ihr Lager umstanden hatten.

Doch so schlimm hatte es der Rotfuchs mit seinem Bellen nicht gemeint, denn er liebte das schöne Mädchen über alle Maßen und ging mit dem Gedanken um, sie später zu seiner Frau zu machen. Traurig saß er nun in seiner Hütte und sagte kein Wort. Währenddessen wurden die Vorbereitungen zu ihrem Begräbnis getroffen, und alle Freunde und Freundinnen versammelten sich, um sich wegen der geratenen Bestattung zu besprechen. »Legen wir die Tote in die Erde«, sagten einige davon, »so kommt der Rotfuchs und frisst sie, denn er hat sie auch totgebellt. Verbergen wir sie daher besser in den Ästen eines hohen Baumes, denn in der Luft wird er sie wohl nicht suchen.«

Das geschah denn auch, aber da die alte Großmutter als entfernte Verwandte ebenfalls zugegen war, erfuhr Reineke Fuchs die Stelle sehr bald, lief am nächsten Abend hin und sah die ganze liebe lange Nacht zum Leichnam hinauf. Ach, die Tote war so wunderschön, und ihr Gesicht leuchtete so freundlich zu ihm herunter, als sei sie noch am Leben. Mit Anbruch des Tages verschwand jedoch ihre Schönheit, und sie bekam die allgemeine Totenfarbe wieder.

Da ging der Rotfuchs wieder langsam nach Hause und setzte sich trübselig in eine Ecke, und als ihn die Großmutter fragte, ob er vielleicht den Körper des toten Mädchens verstümmelt habe, sagte er kein Wort, sondern blieb regungslos sitzen, bis es wieder Abend wurde und die Alte einschlief, wonach er abermals unbemerkt seinen Schatz besuchen konnte. Am Morgen stellte er sich natürlich wieder zeitig ein, um nicht den ihm auflauernden Feinden in die Hände zu fallen.

Im Laufe der Zeit machte nun der Rotfuchs die freudige Entdeckung, dass sein totes Schätzchen immer mehr und mehr ein frischeres Aussehen bekam, ja dass sie zuletzt so blühend aussah wie damals, als er sie zuerst sah und sich in sie verliebte.

»Großmutter«, sagte er eines Tages, »reiche mir meine Pfeife, und stopfe sie recht voll, damit ich wieder einmal große Wolken blasen kann.« – »Ach«, rief da die Alte freudig, »wie bin ich doch so froh, dass du dich wieder wohlfühlst, denn seit dem Tod der schönen Häuptlingstochter hast du weder an mich noch an deine Pfeife gedacht.«

Nun legte er sich behaglich in die wärmste Stubenecke und qualmte wigwamgroße Wolken. Als er seine Pfeife ausgeraucht und die Asche ausgeklopft hatte, stand er auf und befahl der alten Frau, die Hütte schnell so schön wie nur möglich zu putzen, da er ihr heute noch eine Schwiegertochter zuführen würde. Das tat sie denn auch. Sie nahm ihren neuesten Besen, kehrte alles so rein und sauber wie geleckt und stellte alle Geräte auf die passenden Plätze.

Nach einer Weile klopfte es.

»Komm herein, meine Tochter«, rief die Großmutter. Eine Schattengestalt trat herein, die in ihren Umrissen jedoch deutlich das auferstandene Mädchen erblicken ließ. Bald nahm sie auch Fleisch und Blut an, fing an zu sprechen und erklärte sich als die Frau des Rotfuchses, in dessen Hütte sie nun für immer bleiben wollte.

Als dies nach einigen Wochen der alte Häuptling erfuhr, sagte er zu sich selbst: »Der schlaue Rotfuchs hat zwar meine Tochter lebendig gemacht, aber das gibt ihm noch lange kein Recht, sie auch als Frau zu behalten. Besonders, da ich sie schon vor Jahren dem schönsten Tier der Welt, dem Hirsch, versprochen habe, der mich nun beim Wort nehmen wird.«

Darauf versammelte er alle seine Freunde und ging mit ihnen in die Hütte des Rotfuchses, nur der Hirsch blieb allein davor stehen, um sich im Fall der Not schnell aus dem Staub machen zu können. Der Rotfuchs wurde nach langen Kämpfen übermannt, und seine teure Braut wurde vor die Tür geführt, wo der Hirsch sie augenblicklich auf seinen Rücken packte und damit zu seiner Hütte lief. Als er sie aber dort abnehmen wollte, war sie nicht mehr da, sie war nämlich unterwegs unbemerkt abgesprungen und wieder zu ihrem alten Gatten zurückgekehrt.

»Es ist wahr«, sagten darauf die Leute, »der Rotfuchs hat ihren Tod verursacht, aber er hat sie auch wieder ins Leben zurückgerufen, und darum hat er auch ein Recht auf sein Glück. Möge daher das junge Ehepaar noch lange in Ruhe und Freude leben!«

Warum Hund und Katze Feinde sind

(asiatisch)

Ein Mann und eine Frau besaßen einen goldenen Ring. Es war ein Glücksring, und wer ihn besaß, litt niemals Not. Der goldene Ring aber sah sehr unscheinbar aus, der Mann und die Frau kannten seine Kräfte nicht und verkauften ihn für wenig Geld.

Kaum aber hatten sie den Ring fortgegeben, als das Unglück begann. Schließlich waren sie so arm geworden, dass sie nicht mehr wussten, was sie am nächsten Tag essen sollten. »Seit der Ring fort ist, hat das Glück unser Haus verlassen«, seufzte der Mann. – »Es muss ein Glücksring gewesen sein«, sagte die Frau, »hätten wir ihn doch niemals verkauft!« Und sie sah traurig auf ihre beiden Haustiere, einen Hund und eine Katze, die mit ihnen Hunger leiden mussten.

Hund und Katze aber hatten die Worte der Menschen verstanden. »Was sollen wir tun?«, fragte die Katze. – »Unsere Herrin war immer gut zu uns«, sagte der Hund. – »Und wir hatten stets genug zu fressen«, schnurrte die Katze. Die beiden Tiere saßen ratlos nebeneinander. Schließlich sagte der Hund: »Wir wollen den Ring unserem Herrn und unserer Herrin wieder zurückbringen.« – »Aber er liegt wohlverwahrt bei seinem neuen Besitzer, in einen festen Kasten eingeschlossen«, sagte die Katze. – »Ich weiß, was wir tun müssen«, meinte der Hund. »Fang du eine Maus und versprich ihr, sie am Leben zu lassen, wenn sie ein Loch in den Kasten nagt und den Ring herausholt.«

Dieser Rat gefiel der Katze. Sie fing eine Maus, und mit der gefangenen Maus im Maul wanderten Hund und Katze zum Haus des neuen Besitzers des Ringes. Der Weg war weit und sie kamen zu einem großen Fluss. Als die Katze den großen Fluss sah, setzte sie sich niedergeschlagen ans Ufer, denn sie konnte nicht schwimmen. Aber der Hund wusste wieder Rat. »Spring auf meinen Rücken«, befahl er, »ich will mit dir hinüberschwimmen.« So geschah es.

Die Katze lief mit der Maus im Maul zum Haus, in dem der Kasten mit dem Ring stand. »Wenn du willst, dass ich dich nicht fresse«, sagte die Katze zur Maus, »so nage geschwind ein Loch in die Kastentür und bring mir den Ring, der darin liegt.« Die Maus nagte eifrig, schlüpfte durch das Loch und kam mit dem Ring wieder heraus. Nun nahm die Katze den Ring ins Maul und lief zurück zum Fluss. Der Hund hatte dort auf sie gewartet, sie sprang auf seinen Rücken, und er trug sie über den Strom.

Vergnügt und fröhlich wanderten sie dann heim. Die Katze war so ungeduldig, dass sie über alle Zäune sprang, über die Dächer kletterte und den Hund weit zurückließ, der um jedes Haus und um jeden Garten einen Bogen machen musste. So kam die Katze früher heim als der Hund, lief zu der Herrin und legte ihr den Ring in den Schoß. »Sieh«, rief die Frau ihrem Mann zu, »unsere Katze hat uns den Glücksring zurückgebracht! Das gute Tier! Wir wollen ihr immer genug zu fressen geben und sie pflegen wie unser eigenes Kind.«

Nach einiger Zeit kam auch der Hund, müde und staubbedeckt vom weiten Weg. »Du achtloses Tier!« rief die Frau. »Wo hast du dich herumgetrieben? Warum hast du der treuen Katze nicht geholfen, die uns den Glücksring zurückgebracht hat?« Sie schalt und schlug ihn, und die Katze saß beim Herd, schnurrte und sagte kein Wort. Da wurde der Hund böse auf die Katze, und er vergaß niemals, dass sie ihn um seinen Lohn betrogen hatte.

Seit jener Zeit sind Hund und Katze einander Feind.

Die Eule und der Rabe

(Inuit)

Die Eule und der Rabe waren dicke Freunde. Eines Tags machte der Rabe für die Eule ein neues, schwarz und weiß gesprenkeltes Kleid. Diese aber machte dafür dem Raben ein Paar Schuhe aus Walknochen und begann dann auch noch ein weißes Kleid für ihn zu machen. Als sie aber daran war, es anzuprobieren, fing der Rabe an herumzuhüpfen und wollte nicht stillhalten. Die Eule wurde ärgerlich und sagte: »Jetzt sitz still, oder ich werde die Lampe über dich gießen!« Da der Rabe aber fortfuhr herumzuhüpfen, wurde die Eule wütend und goss den Tran über ihn. Da schrie der Rabe: »Yaq! Yaq!« Und seit diesem Tag ist er ganz schwarz.

Der Kranich und die Krähe

(australisch)

Der Kranich war ein großer Fischer. Er pflegte die Fische unter den Baumstämmen im Fluss mit den Füßen herauszujagen und eine große Anzahl auf diese Weise zu fangen.

Als er eines Tages wieder eine große Menge Fische am Ufer beisammen hatte, kam die Krähe herbei, welche damals noch ganz weiß war. Sie bat den Kranich um einige Fische. »Warte noch ein wenig«, sagte der Kranich, »bis sie gar sind.« Aber die Krähe war hungrig und ungeduldig. Sie quälte den Kranich fortwährend, doch der antwortete immer wieder: »Warte, warte ein wenig!«

Einmal wandte der Kranich sich um und kehrte der Krähe den Rücken zu. Da schlich sie beiseite und wollte gerade einen Fisch fortnehmen, als der Kranich sich wieder umwandte. Ärgerlich nahm er einen Fisch auf und schlug der Krähe damit links und rechts eins um die Ohren. Sie war einen Augenblick wie betäubt und konnte nichts sehen. Sie fiel in das verbrannte Gras der Kochstelle und wälzte sich vor Schmerzen. Als sie wieder zu sich kam und davonging, waren nur ihre Augen weiß, ihr Gefieder war schwarz geworden. Und seitdem sehen alle Krähen schwarz aus.

Die Krähe wollte dem Kranich den Streich heimzahlen, weil sie nun weiße Augen und schwarze Federn hatte. Sie wartete eine Gelegenheit ab. Und als der Kranich eines Tages am Ufer eingeschlafen war und schnarchte, schlich sie sich ganz leise mit einer Fischgräte herbei und steckte sie ihm unter das Zungenbein. Dann machte sie sich ebenso leise wieder davon, ganz vorsichtig, um kein Geräusch zu verursachen.

Schließlich wachte der Kranich auf. Als er den Schnabel öffnete und recht herzhaft gähnen wollte, spürte er ein unangenehmes Gefühl im Hals. Er versuchte den eingedrungenen Fremdkörper durch Räuspern loszuwerden. Es war vergeblich, er vermochte nur sonderbar kratzende Geräusche und Töne von sich zu geben. Die Gräte blieb stecken. Daher ruft der Kranich bis heute mit heiserer Stimme: »Ga-ra-ga, ga-ra-ga«, und die Eingeborenen benennen ihn nun danach.

Warum der Kasuar keine Flügel hat

(Südsee)

Früher konnte der Kasuar, ganz wie andere Vögel, fliegen. Doch er büßte diese Fähigkeit ein. Das geschah auf folgende Weise.

Als es eines Tages sehr regnete, saß der Kasuar auf einem Baum und ließ die Regentropfen von sich herunterrieseln. Da kam ein kleines Vögelchen zu ihm und sagte: »Großväterchen, hebe deinen Flügel doch ein wenig in die Höhe, damit ich darunterschlüpfen kann und nicht nass werde.« Der gutmütige Kasuar sagte ja, und das Vögelchen schlüpfte unter den einen Flügel. Doch es war ein arger Schelm. Es holte Nadel und Faden hervor und nähte den Flügel an dem Kasuar fest. Als es fertig war, sagte es wieder: »Großväterchen, bitte, lass mich unter den anderen Flügel schlüpfen, hier tropft es schon durch.« Der Kasuar war damit einverstanden, und das Vögelchen versteckte sich unter den anderen Flügel, den es nun ebenso wie den ersten festnähte.

Als der Regen vorbei war, und die Sonne wieder schien, sagte das Vögelchen: »So, nun wollen wir weiterfliegen, das Wetter ist ja wieder schön.« Damit schlüpfte es unter dem Flügel hervor und flog von dannen. Der Kasuar wollte ihm folgen, doch da bemerkte er zu seinem Schrecken, was das Vögelchen angerichtet hatte. So sehr er sich auch abmühte, die Flügel auszubreiten, es gelang ihm nicht davonzufliegen. Er fiel zur Erde, und seit jenem Tage muss er sich beständig am Boden aufhalten.

Der Kasuar war sehr böse und rief dem Vögelchen zu: »Warte nur, ich werden deinen Kot behexen, dann musst du sterben!«

Wenn nun das Vögelchen ein Bedürfnis verrichten wollte, setzte es sich so in die Baumkrone, dass der Kot nicht auf den Boden fallen konnte; er blieb am Baum hängen, und der Kasuar konnte ihn nicht behexen. Allmählich zog sich der an den Ästen hängende Kot zu einem langen Faden aus und wurde zu einer Schlingpflanze mit prächtigen roten Blüten.

Inhalt

Werte, Vorstellungen, Wertvorstellungen

Warum die Dinge so sind